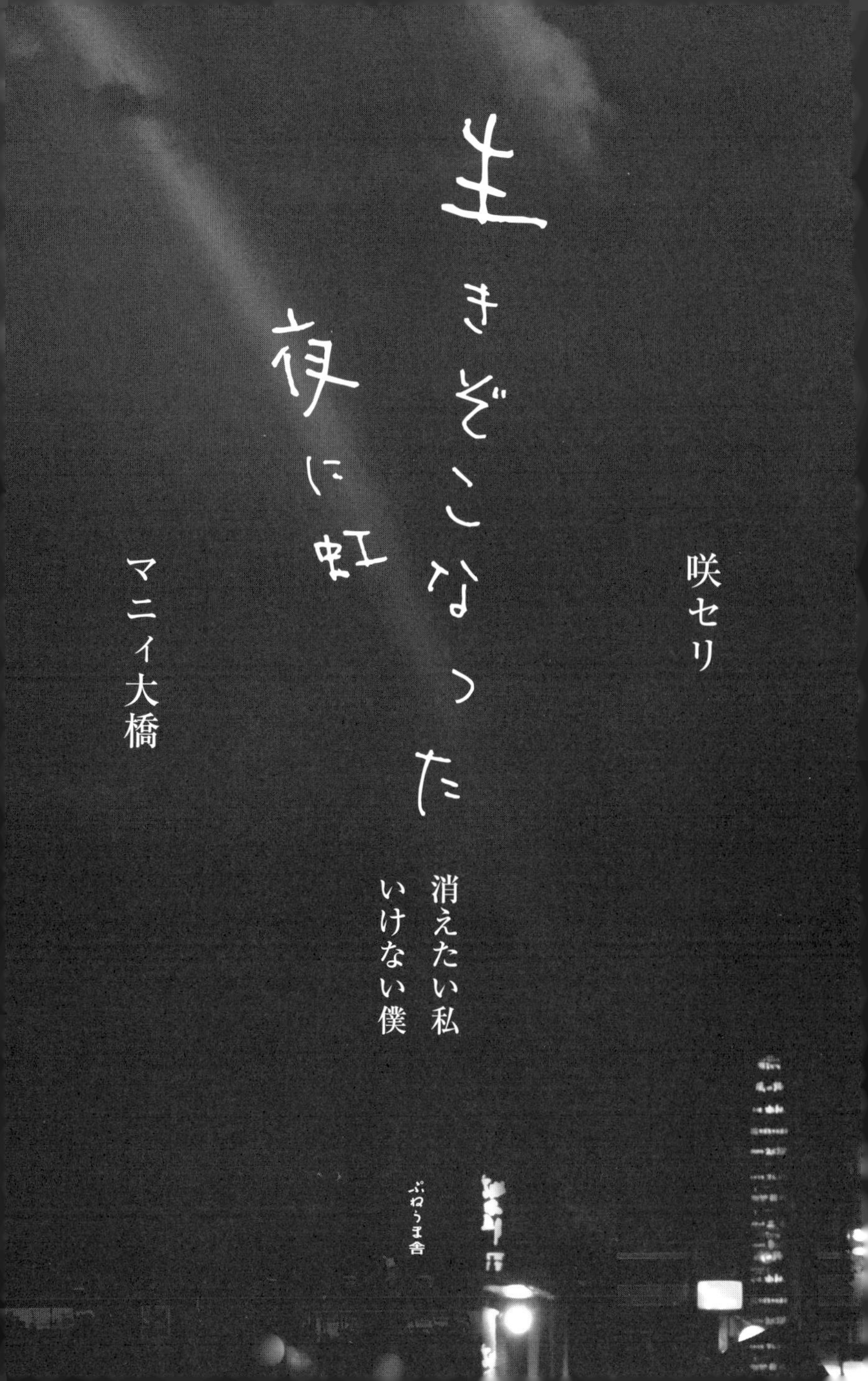

咲セリ

生きぞこなった夜に虹

消えたい私
いけない僕

マニィ大橋

ぷねうま舎

装丁＝咲セリ＋矢部竜二《Bow Wow》

はじめに——死ぬ練習をしたことがあるきみへ

咲セリ・マニィ大橋

この物語は、咲セリと、マニィ大橋、二人の生きづらい作家が、原稿というバトンを渡し合い完成させた、リレー小説の形をとっています。

愛に飢《う》え、性に溺《おぼ》れた「私」を、咲セリが。

いじめに傷つき、信じる心をなくしかけた「僕」を、マニィ大橋が。

NHKの福祉番組で知り合った二人が、実話をもとにし、紡いだギリギリのフィクション。

「キーコ」は、親からの愛情を受け取れず、十六歳にして性風俗の道へ。これは、咲セリの実話です。

「トモ」は、同級生から押さえつけられ、カッターで腕を切られ、血を流すほどのいじめに遭《あ》う日々。マニィ大橋の実話です。


二人は思います。

「なんで、生きているんだろう」

「自分の居場所はどこなんだろう」

「愛してくれる人はいるのかな」

「自分すら、信じてやることができないのに」


マニィ大橋の描く「僕」は最後に語ります。

〈僕はいじめのトラウマによって自傷行為をするまで、心に傷を負った。たまたまそうならなかっただけで、僕も、自殺にまで追い込まれる、そこにつながりそうになる場面は、何度かあったような気がする。運がよかった。それだけだ。

その傷は、今だって心の片隅のどこかで不発弾のように眠っているという実感がある。

その不発弾が爆発しない理由は、家族をはじめとする人の「愛」によってセーブされているだけなのだと思う。

だから、「愛」を失うと、いつ爆発するかわからない。その葛藤は、おそらく死ぬまで一生続いていくだろう〉。

リアルでも愛を求め続け、自殺未遂を繰り返してきた咲セリの描く「私」は語ります。

〈でも、生かすって理屈じゃない。

生きるって、きれいごとじゃない。

（中略）

人は変わっていく。優しいほうに。やわらかいほうに〉

今、生きづらいあなたへ、ひとりぼっちじゃないよ、をこめて。

ひとりぼっちが、ふたりぼっちになった、私たち二人が贈ります。

目次

プロローグ

体が自動的に運ばれていく。

電車に乗っているのだからあたりまえなのだけど、目の前の視界が瞬《またた》く間《ま》に入れ替わって眩暈《めまい》がする。夕空の眩しさ、慌ただしく取り込まれる洗濯物、見知らぬ土地の車のナンバー、点滅する古びた信号機。

車両には誰もいない。たまたまこの車両だけ空いているのか、帰宅ラッシュと逆向きのこの線に乗る人はいないのか。

いずれにしても、またあぶれちゃったな、と思う。

いつもが、そうだ。

隣でお遊戯する子の動きに細心の注意をはらって真似しているのに、気がつけば自分だけがふざけたような踊りを踊っている。もとに戻らなければと焦るほど、道筋からそれていく恐怖。

そのたび、願う。

神様、私を「ふつう」にしてください。

朝、起きた時、絶望しない脳みそを。

ミミズが干からびているだけで、立ちすくんで動けなくなる感受性を。

負けるな、闘え、と誰にでもなく叫ぶ日々を。

特別な才能はいらないから、ただ人並みをください。


電車が停車し、一人の男性客が入ってきた。

がらんと空いた席を見渡し、逆に所在無げに立ち尽くす。決められていない自由という選択肢に恐れおののいている。


電車は動きだす。

この中で私は何もできない。いや――

つり革でうんていをしてもいい。シートをトランポリンにしてもいい。

ふつうにもなれない私は、抜きんでることも叶《かな》わない。


睡魔が襲ってきた。

眠ることさえできない私は、信号機の点滅に合わせて、目を閉じたり開いたりしている。

キーコ①

「乳」と書いて「にゅう」。これが私の源氏名だ。

私がデリヘルに入店した時、某有名バスケマンガのヤンキー選手に似た髪型の店長が、笑いながらつけた。

「そんなにちっさなおっぱいやったら、逆に誰も忘れへんやろ」

怒るところかもしれないけど、私はいじってもらえたことに安堵した。

この時、私はまだ十六歳で、親に援助交際がばれた腹いせに家を飛び出していた。まっさきに向かったのは前カレの家の最寄駅。進学校よろしく白いシャツを第一ボタンまで留めた彼は、私の姿を見るなりあからさまに弱った顔をした。セミの抜け殻みたいな顔。

鬼と対面したように逃げようとする彼の腕をむんずと掴《つか》む。白と青のモビルスーツのキーホルダーが揺れた。

「一緒に逃げて」

散々振り回されて疲れきった彼は、間髪入れず答える。

「無理や」

「なんで」

「逆に、なんで俺が逃げなあかんねん」

もっともだ、と納得しつつも三十分、説得という名の脅迫をし続けた。「親に言う」「一生呪う」「七夕の短冊におまえの不幸を書きつづける」。

それでも隙をつかれて自転車に乗られ、私は駅に取り残された。

本当に本当に捨てられた――。

涙が流れそうになったけど、ニキビを隠すために塗った厚いファンデーションが落ちては大変だ。次のカモを探さなければならないのだから。

スマートフォンなんてものがなかった時代。私は、駅の公衆電話で援助交際をするための伝言ダイヤルをプッシュした。マッチングアプリの電話版のようなものだ。

一九九五年六月、阪神淡路大震災が起こった年。私は震源地とそう離れてもいない大阪の地で、誰よりもマグニチュードの大きい、しゃれにならないどん底にいる気でいた。

伝言ダイヤルで初めに引っかかった男は、どこか小さな会社の社長でオブラートのような口内消臭剤を作っていた。家出をしたという私を紳士的にホテルにかくまい、だけど翌日案の定、私を抱いた。彼は、てへ、と少女のように笑ってこう言った。「ついにウサギちゃんを食べちゃった」。

ちょっと寒気がしたけど悪い人ではなかった。そもそも私の中に「悪い人」というのはいない。少なくとも、体を買ってくれる大人の人は――。

その人は、私に牛鍋定食を食べさせてくれた。港の見えるショッピングモールに連れて行き、着たこともないような値段の服を買ってくれた。パンクロックが好きだった私は、結局その店の中で一番安く露出の多い、ちぎれたタンクトップを選んだのだけど。

こんな日々がずっと続くのだと、私は信じ、少しずつその人に父親のような信頼感を寄せていった。いつか愛してくれる――そう思った。

「親御さんが心配するから、もう帰りなさい」

手のひらを反《かえ》してそう告げられたのは、家出から三日目のことだ。どこかで音をあげるだろうと軽く見ていた私が、いつまで経ってもいつくものだから、さすがにお金も尽きたのかもしれない。もしくは児童買春だとか、誘拐だとか、びびったのか。いずれにしても、オブラートのように薄っぺらな男だった。

それから日替わりに、伝言ダイヤルでつかまる男を渡り歩いた。ラブホテルに泊めてもらうかわりに、お手当はゼロ。私は金色の髪と気の強そうな大きな目に反して、極端に押しが弱かった。夜中、寝ている隙《すき》に、ホテルの部屋を出ていく男たちの気配を感じながら、今日も生き延びた、と安堵のため息をもらす。

未来に希望があったわけじゃない。持てるはずもない。

でもこの時の私は、本能のように命をつなぐことに必死だった。

やがて、「母親と二人暮らしだけど、母親は部屋から出てこないから家に住めばいい」という人が現れ、私はいともあっさり、それを信じた。これでもう屋根の心配をしなくてすむ。その日のうちにカラオケボックスでお礼代わりのセックスをした。家に帰ってもセックス三昧。他に私がさしだせる好意はない。

震災のあった神戸にその家はあった。彼が夜の水産加工業に出かけた合間に風呂を借り、ニキビ予防の泥パックをする。顔面真っ白のオバQと化した私。すると、それ以上にインパクトのある怒り顔で突っ立っている母親が、ぬっと鏡に映った。幽霊かと怯《ひる》んだ隙に、母親は大声でどなりつけた。猫も人も、けんかは先に叫んだもの勝ちだ。

「あんた、人の家で何してんのん⁉」

「いくら仕事とはいえ、やっていいこととあかんことがあるでしょう⁉」

「うちの息子からいくら取ってるの⁉　今すぐ出ていきなさい！」

反論できない罵声を浴びせる母親の前で、私は泣きじゃくる。泥パックは、ぼたぼたと足の甲に落ちていく。ああ、また塗り直さなければ。でも、ここでは許されないんだろうなあ、と私は母親の言葉にただ頷《うなず》く。

結局、行き場を失くした私は、すっぴん寝間着で繁華街を彷徨《さまよ》った。ネオンの中、くじゃくのように着飾った男女が、ジャングルの奥地の鳥みたいな声で笑っている。

私は上を見た。

空ではない。

星も見えないそこは、ただの上だ。

すると、うす汚れたビルの壁に求人広告が貼ってある。いつからそこにあるのか、もうちぎれ、飛ばされそうだ。

だけど――

〈高給、寮あり〉

はじめて暗闇に月が見えた。

十八歳以上という注意書きをしっかり頭にとどめて、私は道場破りよろしく事務所のドアを開けた。この姿に驚かれなかったのは、この街でこんな光景は珍しくなかったからだろう。雇ってほしい旨《むね》を伝え、私は自分を二十歳《はたち》と偽った。瞬間、店長の顔が歪《ゆが》む。

「ほんまに二十歳か?」

心臓がはねる。私が言葉をなくしていると、店長は蛍光灯に向けて、私のあごをくいと上げ、言った。

「もっといってるんちゃうか？　別に歳くってても追い出さへんから言うてみぃ」

「………。……二十二です」

何のための嘘だ。受け入れてもらうために、私は不可解極まりないサバを重ねた。


そして今——

これまた不可解な生命体と、コールされたホテルの一室で相対《あいたい》している。

「にゅうって、やっぱり、ニュータイプのニューですかね？」

年の頃は三十歳くらい。モテなさそうな眼鏡をかけて、これまたモテなさそうな、贔屓目《ひいきめ》に見て「ふくよか」な体型の男性が汗をふき、ぽつりと言う。

私がぽかんとしていると、あ、ガンダムです、わからないか、そうか、とさらに汗を拭きだした。

その瞬間だった。私の目から涙がぼたんと落ちた。男性が慌《あわ》てる。重そうな体で、そんな私に触れていいのか、迷っている。

私の涙は止まらない。ガンダム、ガンダム、私をふった彼氏が好きだったガンダム。白と青のモビルスーツを持っていた彼。ゲーセンのクレーンゲームで何度もチャレンジした。落っことすたびに、二人で真剣に悔しがった。二度と戻らない百円玉を嘆いた。あの日々も、もう二度と戻らない。

その時、ふいに足元が揺れた。冬の震災の余震がまだあるのかと思ったら、男性が走ってベッドサイドにあるティッシュペーパーを取りに行く音だった、どすどす。

ティッシュの箱は備え付けだったのか、持ち上げるとバキッという音がした。男性から情けない声が漏れる。

「壊れたんですか？」

私が顔をあげる。

「大丈夫です。壊したのは僕です。気にしないでください。あなたの涙を拭いてあげたくて」

そのくさいセリフに、思わず私は吹き出した。そもそもそんなことを言ってしまっては、私の涙が壊れた原因に他ならないことになるじゃないか。

「あー、もう、メイク落ちたじゃないですか」

私は男性からティッシュを一枚受け取ると、先っぽで涙のしずくだけ吸い取った。

「大丈夫？」

男性が心配そうに覗《のぞ》き込《こ》む。

「大丈夫」

私は微笑《ほほえ》む。立ち尽くしていたことに気づき、私は部屋の中に入ろうとした。

「あっ」

制するように、男性が床を指さした。え？　と下を見ると、そこにはちょこんとホテルのスリッパが揃えられている。

「履《は》いてください」

「ありがとう」

こんなことをされたのははじめてだ。だいたいが、入るなり、どぎついサービスを求めてくるのに。

言葉に甘えてスリッパに足を通す。部屋を進むと、空調がちょうどいい涼しさできいている。服を脱いでも寒くならない程度のさわやかさ。このホテル、こんないいムードだったっけ。

「お風呂、入れてます。よかったら入ってきてください」

男性が言う。もうどちらがサービスをする側なのか分からない。

「ありがとうございます。でも、そんな至れり尽くせりで、私、お金、払わなあかんじゃないですかー」

冗談を言うと、彼の顔がくしゃっと緩《ゆる》んだ。そして、覚悟を決めたように言った。

「僕で……いいですか？」

お客さんなのに。なぜ、こんなに自信がないのだろう。容姿のせい？　本人が気にするほどひどいことはない。そこで気づいた。ああ、人がいいんだ。女性を買う時ですら、女性の気持ちを考える人なんだ。

単純な私は、簡単に好感を持った。

私は、商売用の顔に戻す。

「もちろんです。いっぱいイかしてあげるから、覚悟して」

すると、男性は寂しそうに眉を下げ、すでに洗い流した体にはおったバスローブを、ぎゅっと摑《つか》んだ。そして言った。

「アムロ、イけないんです……」

「神戸に行ってくれるか。被災した山口県出身者と、こっちから行ってる消防や警察の関係者のコメントを並べたい。特集でいくから、二十人ぐらい取れればいいかな」

さっきまで後輩記者の原稿を厳しく指摘し、怒鳴りつけていた編集局長が、ふいに僕を呼んでそう言った。怒られるのかと、かまえていた僕は一瞬ぽかんとなる。かろうじて口を開いた。

「神戸……どのくらいですか？」

「一週間ほどかな。ホテルは会社でおさえるから心配せんでいい。申し訳ないけど、カメラマン付ける予算はないから、写真と原稿、セットで頼む」

局長は、他の記者には厳しいけれど、なぜか僕には物言いが優しい。

彼との出会いはもう何年前になるか。大手新聞社を五十五歳で退職して、現在のローカル新聞社に入ってきた局長は、これまで何度もスクープをものにしたという逸話《いつわ》をあちこちで聞く。

「一週間ですか……」

「出張中のメシ代、ホテル代、もちろん取材に必要な交通費なんかも先に現金払いするから、そっちは心配するな。面倒臭いけど、全部領収書取ってくれたら、あまった金を経理に返せばいい」

「そっち」とは、僕が日々食うことに困っていることを指している。

僕は今、破産申請を裁判所に申し立てている。

給料も、法で定められた四分の一を除いて差し押さえられている。その上、使えるはずの四分の一すらも、個人的理由から借金返済に充てているため、衣食住は限界状態だった。

「うちはローカルだけど、震災は社会的関心も高いから、うち独自の目線で、震災の復興に山口の人がどうかかわってるのか、出身の被災者がどんな想いでいるのか、うちしかできない震災特集をやりたいんだ」

「そんな大事な特集の担当が、僕でいいんでしょうか?」

「おまえだから頼むんだよ。おまえなら今苦しんでいる人、困っている人の気持ちが誰よりもわかるだろう?」

「…………」

局長の言いたいことは分かった。食うや食わずの僕だからこそ、同じような人に寄り添えるんじゃないかと。でもそれはかいかぶりだ。余裕のない時、人はむしろ心をなくす。

とはいえ背に腹は代えられない。必要な経費を経理部から受け取り、ドアを開けると、そこには局長がいた。

「これ、プラスのメシ代。たまには酒ぐらい飲め」

そう言って封筒を手渡す。さっそうと報道局に向かう姿も様《さま》になっている。成功している人の後姿だ。

僕はこっそり中を見てみた。五万円が入っている。今の僕には大金だ。去って行った局長の背に、僕は頭を下げ、少し泣いた。この生活になってから、涙もろくていけない。


十歳年の離れた兄が忽然《こつぜん》と姿を消して、もう二年になる。

建設会社を経営し、羽振りのよかった兄。どこか特別なヒーローだった兄のもとにも、バブル崩壊は平等に訪れた。銀行からの融資のストップ、倒産。その直後、兄はひそかに離婚し、一人で行方をくらませてしまった。

困ったのは、兄が会社経営中に発行した約束手形の裏書が僕になっていたことだ。約束手形とは、指定された期日までに支払うことを条件に現金を受け取れる手形のこと。ぎりぎりまで追い詰められた兄は、それを発行してもらうことにした。だけど、兄ではもう信用がなくなっている。そこで僕に白羽の矢がたったのだ。

「経営は苦しいけど、俺はこのままじゃ終わんない。絶対大丈夫だから一筆くれ」

わけが分からなかったけど、兄の力になりたかった。

ところが、兄の会社が破産したことで、その支払い義務は僕がかぶることになってしまった。手形の発行先は島根の建設資材会社の社長。僕は四百万円の返済を求められた。社長の家はリフォームしたばかりで、娘もまだ中学生。彼は目を血走らせて、僕に詰め寄ってきた。

「新聞社を辞めてでも、お前が兄貴を探し出せ！　兄弟なら何とかしろよ！」

怒りに狂ってるんじゃない。涙ながらの声が痛かった。

さらに兄は、姿を消すまでの間、何度か僕に金の無心をしてきた。

「新聞記者のおまえなら、信用があるから大丈夫」

兄の言うとおり、最初は面白いように借りることができた。だけど三百万円を過ぎたあたりから、どの金融機関からも猜疑《さいぎ》の目を向けられるようになった。そこで消費者金融をまわった。そうこうしているうちに、借金は一年の間に六百万円まで膨《ふく》らんだ。

そして兄はドロン。いっせいに借金取りがやってきて、銀行やサラ金への返済は毎月数十万になった。

追い詰められた僕は、とうとう弁護士に依頼し、破産宣告を行った。その間も、約束手形の社長にだけは、なんとかお金を返したくて、すっかりかんの給料のすべてを彼に渡している。

被害を受けたのは、僕だけじゃない。山口市内にある両親の実家も抵当に入れられていて、老いた二人は長年住んだ家を追われた。運よく月額五千円の市営住宅に移り住めたけれど、母は兄の蒸発と、僕の借金肩代わりを苦に、体調を崩し、寝込むようになった。

かつて大工だった父も、仕事中に二階の足場から転落し、大けがを負った後遺症で働ける状態じゃない。二人は年金だけを頼りに、細々と暮らしている。

「アルバイトをさせてもらえませんか?」

僕は、思いきって、社で禁止されている副業の相談を社長にした。自己破産を申請した時点で記者をクビになることも覚悟していた。ところが、社長も局長もあえてそれを言わなかった。だけど、アルバイトまでは、と思っていた僕に、社長はくるりと背を向けた。

「俺は就業時間以外のことなんて知ったこっちゃない。今の話は聞かなかったことにする」

喉の奥がぐっと詰まる。ただただ頭を下げた。兄が姿を消してはじめて、茜雲《あかねぐも》の桃色が目に届いた。

だけど、そこからが大変だった。

まずアパートの家賃を払えない。そこで、家具や服、電化製品はすべてリサイクルショップで売った。着の身、着のままで、数日間、ホームレスとして河川敷にある橋の下で過ごした。川が大蛇のようにうねる。誰かの服が水死人のように半ば浮き、半ば沈みつつ流れている。ザザ、ザザ、という音を聴いていると、幼い頃ブラウン管テレビで流れていた砂嵐を思い出す。

かつて母は温泉街でフリーの仲居《なかい》として働いていた。無口な父とも仲がよく、酒の飲めない父はお茶を飲みながら、母の帰りを遅くなっても待った。

僕も大好きなアニメや映画を居間で観《み》て、その感想を矢継ぎ早に父にしゃべりまくった。父は聞いているのかいないのか分からない無表情で、でも「そうかー」とときどき相槌《あいづち》を打ってくれた。

僕は家族の愛に包まれていた。

仲居――ということが頭にあったのかもしれない。社長の「暗黙の許可」が出てすぐ、かつて取材した時によくしてくれたビジネスホテルと割烹料亭を営んでいる女将《おかみ》さんに頼み込んで、週三回、ホテルで深夜のフロントバイトをすることになった。住まいは、同じく選挙取材で知り合った、とある政治家の後援会長が営む自動車工場の敷地内にある倉庫に住まわせてもらえることになった。

事情を話すと、その社長さんは咎《とが》めることもなく、倉庫に案内し、「住むところがなけりゃ、ここに住みゃあええ」と家賃ゼロで与えてくれた。トタン屋根で、トイレもなければ風呂もない。でも雨風が凌《しの》げればそれでよかった。

少し油臭い倉庫の中は、からっぽだった。僕はなけなしのお金で、ホームセンターでゴザを一枚買い、その上にせんべい布団を敷いて暮らした。布団はその社長さんが、「子どもが使ってたものだけど……」と持ってきてくれたものだ。

電気も通っていないので、夜は懐中電灯を灯して暮らした。トイレは近所の公園の公衆トイレで済ませ、シャワーはバイト先の女将さんが空いている部屋のシャワーを使わせてくれた。満室のときやバイトが無いときは、倉庫近くに車のコイン洗車場があり、そこで深夜に目立たないよう洗車ノズルで体を洗っていた。

アルバイトがない日は水を飲んでしのぎ、バイトの時は、女将さんがこれでもかと用意してくれたまかないを、ここぞとばかりにお腹がはちきれるほど食べた。僕は人に恵まれていた。

唯一の苦痛は、テレビやビデオデッキも手放し、生きがいでもある映画やアニメ、特撮《とくさつ》が観られなくなったことだ。それでも、オタクはくじけない。ホテルのアルバイト中は休憩室にテレビもビデオデッキもあったので、レンタルビデオ店からなけなしのお金で借り、それに浸《ひた》った。

人間、どうにか生きていける。そう、どうにか――。

そう思い込もうと口ずさみ続け、一年が過ぎた頃、だけど、ぽつぽつと脳内に違和感が走った。

ある考えが、頭を占めてはなさないのだ。

「僕は何のために生きているのだろうか――」

どうにか生きていける。だけど、なぜ？　何のために？

必死でふりほどいた。記者という仕事は人と会う仕事だ。僕は映画とアニメ、特撮をこよなく愛するオタクではあるが、人が好きだ。それに、記者になってから、「表現するということ」は、ふがいない自分を認めることができる、自分の一部になっていた。

生きていく理由はあるじゃないか。そう、あるじゃ、ないか。

思い出す。子どもの頃から太っていた僕は、内向的で、学校でもなかなか友達ができなかった。おまけに強度の近視で小学生の頃からメガネをかけていた。だから、あだ名は「デブノビタ」。最初はからかわれ、やがて、壮絶ないじめに発展した。

人間不信になるには十分だったけれど、それでも人を嫌いにならずに済んだのは、両親が僕を愛してくれたことと、わずかだけど、僕のことを信頼してくれる、映画やアニメ、特撮について語り合える友達がいたことだった。それが今日の日まで僕を支えてくれた。

そんな僕に決定的なことが起きた。それは一か月前だ。

小学校の運動会の取材だった。純真無垢《じゅんしんむく》な明るい歓声。ばたばたと走り回る子どもたち。かわいい、はずの風景だった。だけど、次の瞬間、僕は息ができなくなった。どくんどくんと脈打つ心臓。空気が入ってこない。目の前が暗くなっていく。

意識を失っていたと知ったのは、保健室のベッドの上だ。

フラッシュバックだった。小学校の時、常に罵られ、日常的に殴られ蹴られしていた、「いじめられる感覚」が舞い戻ってきたのだ。

その現象は、子どもがらみの取材になると頻繁にあった。局長も、そんな僕のストレスを心配して、今回の神戸行きの話をくれたのかもしれない。苦しい生活を少しでも忘れて息抜きしてこい、と。

だけど、本当はそんな資格が、僕にはない。

はじめていじめのフラッシュバックで苦しんだ日、ちょうどビジネスホテルの給料日だった。週二回の深夜バイトだからそんなに多いわけでもないけれど、六万円が手に入った。

自分なりに計算する。四万円あれば生活費は何とかなるだろう。残る二万円は——そこで僕は、街の繁華街にあるファッションヘルスに行った。ファッションヘルスとは、箱型の風俗店だ。

僕は、今年で三十歳になるけれど、一度も女性と付き合ったことがない。二十四歳の時に下関のソープランドで童貞は捨てたものの、風俗に勤める女性としか、「そういうこと」をしたことがなかった。いわゆる「素人童貞」だ。

太っていてメガネをかけていて、映画やアニメが大好きで、ファッションセンスなどという言葉とは程遠い僕にとって、「彼女」という存在はあまりに遠すぎる。

だけど性欲も盛んな年頃であり、兄の一件があるまでは時折、飲んだ帰りに風俗店に行くこともあった。とはいえ仕事も充実していたからか、だからと言ってそういうところに「通い詰める」ことはなかった。

そんな中、そのアルバイトの初給与日に風俗店へ行ったのには理由があった。

それは、自分の性器が機能しなくなったことに関係する。兄が失踪《しっそう》したあたりから、僕の性器はどんなに欲情しても、いわゆる「勃《た》たなく」なったのだ。

思い切って泌尿器科に行ったら、「心因性勃起不全」と診断されてしまった。

性欲はあるのに、どうしようもなかった。少しは大きくなる。でもそれは、能力を発揮するにはまったく足りない状態で、自慰行為をしても無駄だった。

だから、自分でするんじゃなくて、実際に女性と肌を合わせても「どうしようもない」のか、確かめたかったのだ。

果たして——女性からさまざまな性的なサービスを受けても、それは何も変わらなかった。

ああ、僕は本当にだめになっちゃったのかなあ。人間らしい暮らしもできてない。人間らしい生存の営みもできない。

「抱きしめてもらっていいですか？」

そう言った僕の声はかすれていた。

風俗店の女性は「いいよ」と抱きしめた。

その瞬間、胸が熱くなった。柔らかい乳房、吸いつくような肌、女性特有の甘いにおい。よみがえる、いじめられ、傷ついて帰った日、涙ながらに告白した僕を抱きしめてくれた母のこと。愛――か。

それから毎月の給料日には、風俗店に行くことが習慣となった。勃つことはなかったけれど、月に一回、異性と抱き合える、それだけで僕の心は満たされていた。

だから――

神戸の取材の一日目が終わった夜、僕は宿泊先のホテルから、局長にもらった封筒をそのまま握りしめて繁華街へと向かった。

局長の好意から風俗のお金を使うことは気が引けたけれど、不慣れな土地で、それも大変な死者を出した震災を経験した人たちを取材する、という仕事は、たった一日やっただけでも精神的にハードなものだった。「安らぎ」が必要だった。

神戸駅にほど近い、繁華街にある電話ボックスに貼られている派遣型ヘルス、いわゆるデリヘルの多数の張り紙から何気なく一枚を剝《は》がし、その電話番号に電話した。張り紙には「ローズ」という店名が書かれていた。

通話口に快活そうな男性の声が響く。僕は言った。

「……もしもし、かわいい子いますか？」

「はい、もちろんです。新人でいい子がいますから、ぜひお入りください！」

「年齢は？」

「二十歳で……スレンダーで、目がぱっちりした、きれいな子ですよ」

「じゃあ、その子にします」

「今、どちらからお電話ですか？」

電話の男はこの近くにあるラブホテルの名前と、そこへの行き方を告げた。僕はその電話ボックスから歩いて十分ほどのホテルに入った。

再び「ローズ」に電話して部屋番号を告げた。そこからが忙しい。僕には、こういった店を利用する時に必ずするルーティンがある。それは、まずお風呂の水を溜めること、急いでシャワーを浴び、歯磨きをして、爪を切ること、エアコンをつけること、スリッパを揃えて反対方向にし、玄関に置くこと……。

短時間でも一緒に過ごす。僕の性器は動かなくても、お互いが裸になって肌を合わせるのだから、相手になるべく気持ちよく過ごしてもらいたい。そう思っている。だから、失礼があってはいけないし、最低限の「みだしなみ」はする。「金を払っているのだから、何をしてもいい」

は絶対に違うと思う。

そうこうしているうちに、三十分ほどしてフロントから確認の電話があり、部屋をノックする音が聞こえた。ドアを開くと、金髪のロングヘア——で、背のすらっとした女性が立っていた。確かに、目がぱっちりしている。その目は、鋭くも見えるし、涼しげな印象も与える。スレンダー体形だからか、精悍《せいかん》な感じもする。

「……きれいな人……」

僕は思わず、そう思った。

「こんばんは。にゅうって言います」

にゅう？　ニュー？　風俗の女の子の名前は当然源氏名《げんじな》だろうけど、「にゅう」とはまた変わっている。

ニューと言えば、僕のボキャブラリーを検索すると、大好きな「機動戦士ガンダム」、もちろんファーストガンダムに出てくる新人類の呼び名「ニュータイプ」の「ニュー」しか思い浮かばない。

「にゅうって、やっぱり、ニュータイプのニューですかね？」

僕がそう言うと、彼女の目がみるみるうちに赤くなり、そのうち涙が溢れ出した。僕は慌《あわ》てる。何か変なことを言ってしまったのだろうか。

戸惑いつつも、目の前の女性が泣く、という事態に僕ができることはこれしかない。ベッドのそばにティッシュの箱があるのを見つけ、わずかな距離だったが、僕はそこまで走った。自分の体が重くて歯がゆい。

そして箱を取ろうとしたら、これまたなかなか動かない。しかたなく両手で持って思いきり力を入れた。バキッ、ティッシュの箱が外れた。どうも備え付けだったようだ。

「壊れたんですか？」

にゅうさんがそう言う。まだ泣いてはいるが、少し表情が落ち着いたようだ。

「大丈夫です。壊したのは僕です。気にしないでください。あなたの涙を拭いてあげたくて」

僕がそう言うと、「にゅう」さんは噴き出してしまった。

「あー、もう、メイク落ちたじゃないですか」

にゅうさんはティッシュを受け取ると、先っぽで涙を拭いた。

「大丈夫？」

僕がそう声をかけると、にゅうさんも「大丈夫」と答えてくれた。

「僕で……いいですか？」

僕は容姿に自信がない。ある訳がない。女性に好かれるタイプとは到底思えない。だから、僕は風俗に行くと、必ずこう訊《き》いている。

「もちろんです。いっぱいイかしてあげるから、覚悟して」

にゅうさんは、少しいたずらっぽくそう言ってくれた。「もちろんです」の言葉がとても嬉しかったし、「仕事」として意欲を示してくれたのも嬉しかったが、今の僕に、そこは応えられそうにない。

「アムロ、イけないんです……」

ああ、僕が「ふつう」だったらなあ。にゅうさんを、ただ抱きしめられたらなあ――。

フリスクと消臭スプレーを買うだけなのに、十五分もレジに並ばされてしまった。箱型風俗店の出勤時間。風俗嬢たちがその日の夜ごはんを調達するために、繁華街になぜか一店舗しかないコンビニに押し寄せる。この非常事態にもかかわらず、たったこれだけのものを買う私を、店員は迷惑そうな目でにらんでいた。

「たまたま切れちゃってん。このばか。これがないとお客さんが臭い思いするやろ。風俗街に勤めてるんやったら分かるやろ。このあほ」

そう毒づきたい気持ちをぐっとこらえて、「あ、これもお願いします」とオブラート状の口内消臭剤も手に取る。これはあの社長が作ったものだろうか。

私は自分のありとあらゆるところに自信がない。高校に入り、ニキビができはじめたあの時、通り過ぎざまの父親に「気持ち悪いな」と言われて以来、世間が私を「気持ち悪い」と思っていると感じずにはいられないのだ。

体重もそうだ。太ったらこの仕事もなくなるような気がして、食べたら下剤を大量に服用する。どれくらい大量かというと、朝に漢方系の便秘薬を一瓶まるごと。夜にはまた新たに買った便秘薬を一瓶丸ごと。だからサービスの最中は便意との闘いだ。くしゃみは大敵。何度ショーツを汚したか分からない。だけどやめられない。

そんな私だから、口臭、体臭、臭と名のつくものは、さまざま振りかけて排除する。

コンビニは女子高のように女たちで溢れていて、みんながいいにおいを放っている。当然二十歳は越しているのか、化粧にも余念がなく、私はドリンクコーナーの横にあるほんのわずかな隙間の鏡に自分を映す。大丈夫。ニキビはほとんど分からない。

だから――。

コールされて呼ばれた先の小太りの男性が、「僕でいいですか？」と訊《き》いてきた時、心が溶《と》けた。どこか自分と似たものを感じた。目の前の人に不快感を抱かせないか。こんな大人になっても、お金を出して買う立場なのに、そんなことを考えるのか。信じられる人だ――そう思った。

私は、このいい人に満足してもらおうと、少しでも早くシャワーを浴びることにした。体のにおいが気になる。局部が汚れていたらと思うと、腫《は》れるほどスポンジでこすった。水をかけるとゾウの形になるスポンジが、なんだか卑猥《ひわい》だ。

ふと、目のはしに柔らかな湯気の立つお湯がうつる。入っている時間なんてないのに、私は五秒だけ体を沈めた。気持ちいい。

そなえつけのバスローブに身を包み、男性のもとへ行く。男性は電話に向かってぺこぺこと頭を下げていた。おそらくティッシュケースを壊してしまったことをフロントに謝っているのだろう。背中が踊るトドみたいに見える。

男性が電話を切るのをベッドに腰掛けて待った。このあたりのラブホテルは、ほとんどきている。金額も大体分かるから、男性がそれなりに頑張ったのだということは手に取れた。

「すみません。時間かかって」

受話器を置いた男性が振り返る。

「全然。それより、なんて呼んだらいいですか？　名前」

「じゃあ……智之で」

「トモくん」

私は得意の上目づかいで、男性の胸にバスローブの上から触れる。そして男性の真似をして言った。

「私で、いい？」

智之は顔を赤くして、小刻みに頷《うなず》く。

私の中で勝負開始のスターターピストルが鳴った。私は畳《たた》みかける。

「キスしていい？」

「あ、はい」

「じゃあ、するー」

子どものようにあまえた口調で智之の肩に腕を回し、口の中に舌をもぐりこませた。くちゃくちゃと音をたてるのは、わざとだ。

そのまま私は、智之のバスローブを上半身はだけさせる。

「胸は？　感じる？」

くすぐったいと、苦手な人も多い。

「あ、はい」

「じゃあ、なめるー」

乳首を舌先でころがしながら、私は自分のバスローブも取った。下着も何もつけていない。にゅうの名前の由来である小さな胸が、申し訳程度に揺れる。智之も、遠慮がちに私の背に手をまわしてきた。いい調子だ。

知らない人には簡単に思われそうだけど、風俗業は肉体労働だ。相手に負荷《ふか》をかけないように常に体を浮かせ、だけど密着する。汗は滴《したた》らせずに、背中に溜《た》める。これで射精に結び付かせるのだから、サービスは、もはや運動会と変わらない。

そろそろいいだろう。私は自然な流れで智之の股間に手を添えた。が、おかしい。普通の客ならカチコチになっているはずのそれが、柔らかなウミウシのような感触が伝わってくる。不審に思って下半身のバスローブも取った。そこには悲しげにうつむいた、智之の「モノ」があった。

私は途端に不安になる。私は好みじゃなかった？　私のテクニックじゃ物足りなかった？　必死になって、それを口に含んだ。今夜の敵は戸惑い気味の「モノ」。吸いつき続ける百メートル走。紅白対抗玉攻め大会。股間を引っ張る綱引き競争。

すると、死にかけていた「モノ」は、みるみる息を吹き返して——はくれなかった。口の中で生のホルモンのようにくったりとなっている。

そこで気づいた。さっきの言葉。

「アムロ、イけないんです……」

EDという言葉がまだなかった時代。完全に私はパニックに陥った。もっと過激なポーズをとればいいの？　強くこすれば元気になる？

「なんで……？」

混乱した私がこぼすと、智之はちゃかすように、恥ずかしがるように、ガンダムの有名なセリフを放った。

「……ぼうやだからさ」

天井で、思い出したようにピンクの明かりが回っていた。私と智之はベッドに仰向けに寝転がり、それを眺めた。部屋の中は静かで、隣の部屋で今あられもない行為がおこなわれているとはとても信じられなかった。

「イけないって、そういうこと……？」

「うん。心因性勃起不全っていうんだって」

「勃《た》たへんの？　どうやっても？」

「そうみたい」

「そう……」

途端に自分が何の役にも立たない人間に思えてくる。風俗嬢の仕事は、男性を射精に導くことだ。それも満足にできなくて、私は――。

「私、どうすればいい？」

泣きだしそうな顔で尋ねた。

「じゃあ、抱きしめてもらってもいいかな？　それだけで落ち着くから……」

そんな慰め、信じられなかった。もっとうまい人なら、智之をイかせることができたかもしれないのに。

私は子どもの頃の夕食の席を思い出していた。お酒を飲んで、私に対し怒鳴り散らす父。「こんなこともできひんのか」「くず」「できそこない」。母は否定しない。ただ泣いている。父が怒るのも、母が泣くのも、私が役立たずだからだと、私はまだ小学生でそれを悟った。私の家に愛はなかった。

デリヘルの仕事をはじめて、少なからず指名も取れ、ようやく自分にもできることがあると思えたのに、今、その仕事すら満足にできない。

「本当にそんなんでいいん……？」

「うん。ありがとう」

私の小ぶりな胸に、智之の頬が当たる。ああ、せめて胸だけでも大きかったらよかったのに。

私はこの場を明るくしようと、わざとはっちゃけた。

「おっぱいちっさいでしょ。これ見て、店長がにゅうって名前にしてん」

「え、にゅうさんって、ニュータイプのにゅうじゃないの？」

「うん、乳。でも、きっとそのうち大きくなるよ。まだ成長期なんやから」

智之への後ろめたさがあったのか、私はつい口をすべらせた。

「成長期？」

智之がはたとなる。私は慌《あわ》てて言い直した。

「いや、おっぱいって、歳とってもきっと育つから、その……」

智之には通じなかった。

「気になってたんだけど……にゅうさんって、いくつ？」

「え、だから、二十歳……」

「本当に？」

「ほんまほんま。え、何、老けてる？」

「そうじゃなくて……じゃあ、干支は？」

「え？」

「干支、言えるよね」

「それは……」

ひつじ年。でもこれは十六歳の私の本当の干支だ。四足すと何になるんだろう。ね、うし、とら……分からない。

黙り込む私に、智之はそっとバスローブをかけた。

「えっ」

「大人になってから、またお願いします」

「私……」

「いろいろ理由はあるんだろ？　僕もけっして日向《ひなた》だけを歩いてきたわけじゃないから、にゅうさんのこと責めないよ。でも、もしかしたら、いつか、しなかったことがあった日を懐かしむことがあるかもしれない。……僕はそれになりたい。僕の自己満足」

「トモくん……」

智之は、ぽんぽんと私の頭をなでた。そして言った。

「にゅうさんは……」

「え？」

「どうして、この仕事に？」

「えっと……」

「あ、責めてるわけじゃないんだ。ただ興味……って言ったら失礼だな。僕、僕もばらしちゃうけど、新聞記者をやってて、いろんな人に関心がある。好奇心とかじゃなくて、みんな事情があるんだと思うと、それを知っておきたいと思うんだ」

「うん……」

「あ、言いたくなかったら、無理はしないでね」

眼鏡を外した智之の目は細くて優しくて、私はまた本音をもらした。

「私……、この世界に居場所がなかってん」

「え、どういうこと?」

「家では、私、いらん子やって……。生まれてきたらあかん子やって……。それでも、学校が楽しかったからやっていけた。でも……」

「でも?」

「高校に入ったら、いじめっていうんかな? 受けるようになって」

「いじめ?」

智之の目の奥が、かすかに揺れた。

「うん、いじめ」

私は、自分が現実から逃げないように言い聞かせる。

「生徒だけじゃなくて、私、最初に教師に目をつけられて。ほら、こんな髪の色やん。中学まではヤンキー校で合わせるためにこうしててんけど、高校で進学校に入っちゃって、一気に浮いて……。教師に、みんなの前でつるし上げられたりしてるうちに、生徒全員、私はいじめてもいいヤツってなって、それからは……」

思いきり蹴られた机、ばらばらにされた鞄の中身を思い出して、吐き気がこみあげる。

「私が悪いんかな……。私がキモイからあかんのかなって思ってるうちに、なんとか人並みの見た目になりたくて。エステにでも行けば変わるかもと思ったけど、親からはお小遣いもらってなかったし、バイトも禁止やったから……、エンコーした」

「うん」

「でも、気、弱いから、お金もらえないこともよくあって……」

「うん」

「だから、今は、天国。私、今、しあわせなんよ」

強がりではなくそう言って笑ったけれど、智之はまた私の頭をなでた。ほんまに大丈夫なのに。そう思いながらも、そのぽふんとした手が気持ちよくて、私はしばらくそのぬくもりに体をゆだねた。

「にゅうさんは、何も悪くない」

智之が突然言い出したから、私はぽかんとしてしまう。

「悪くないんだよ」

その言葉に、私ははじめて優しい智之に反発をおぼえた。何も知らないくせに。私がどれだけできそこないで、人の気分を害させるか、何一つ分からないくせに。大人は適当だ。

そんな私の心を察してか、智之はごろんと大の字に寝転がって打ち明けた。

「僕も、いじめられてたから」

「えっ」

「小中、ずっといじめられっこだったから。……だから、今も、子どもが怖《こわ》い。子どもがいるだけでパニックになる。僕のほうが強いのに、子どもと対面すると、あの頃がよみがえって……自傷行為までしてしまう」

「自傷行為？」

「うん。ほら」

そう言うと、智之は口を大きく開けた。

「ここの歯、ないでしょ？　自分で殴った。おかしいよね。おかしいけど止められないんだ」

智之の目が赤く染まったから、私は智之の頬に手を当てた。体を重ね合うはずの場所で、涙が溢れそうになる。

私がなんとか慰める言葉を探していたら、智之が笑った。

「デブノビタ」

「え？」

「僕のあだ名」

「…………」

「ひどいよなあ。ひどいなあって思うんだけど、考えてもみてよ。『奇天烈大百科《きてれつだいひゃっか》』のブタゴリラなんて、いじめられてもいないのにブタゴリラだよ」

「……ほんまや」

「乱暴者なのに、キレ時《どき》、完全に逸しちゃったね」

得意げな智之の講釈に、思わず噴き出した。智之の頬には満足そうな笑いのしわがにんまりと刻まれている。ふと思う。こんな人がお父さんならいいのにな。私のだめなところ、笑いで包み込んでくれるお父さん。

智之は重ねた。

「これからどうするの？」

私の心臓がはねる。

「え？　店、戻るけど……」

「そうじゃなくて」

食事にでも誘ってくれるのかと期待したけれど、智之は少し寂しそうな顔で言った。

「この仕事以外に道は……」

言いかけて口をつぐむ。

「ないから、やってるんだよね、これ」

「そうやね」

すると智之は、ローテーブルに置いてあった鞄《かばん》から一枚の紙を取り出した。

「え？」

「僕の名刺。何かあったら連絡ちょうだい。何もできないかもしれないけど、こういう大人がにゅうさんのそばに一人でもいたほうがいいような気がする」

「……ありがとう」

受け取った名刺を自分のポーチに入れに行こうとした時、ちょうどアラームが鳴った。

すっかり騒がしくなった繁華街に、私たちは足を踏み出す。雨が降ったのか、闇に漂う冷気は初夏のものとは思えないほど清々《すがすが》しかった。空には相変わらず星は見当たらず、虫の声がかすかに聴こえた。

「じゃあ、ありがとう」

智之が手を振る。

「うん」

私も見送る形でそちら側を見つめていた。智之が背を向ける。ネオンの中に消えていく。何か言わなければ。何か。そうだ。

「エッチ、できるようになるといいねー！」

大声で私は叫んだ。振り返ると、智之は最初に会った時のように汗を散らして、両手でくうをかき混ぜていた。

繁華街の酔狂《すいきょう》なさざめきの中で、僕はさっきまで一緒だった女性のことを思った。

「にゅうさんは、本当はいくつなんだろう」

何げなく空を見た。街のあちらこちらでネオンが灯《とも》っている。震災で倒壊した地区を取材したあとだったから、こっちが偽物《にせもの》のように思えてくる。

偽物――。二十歳と偽った風俗の女性。これまでさまざまな取材をしてきたから分かる。おそらく十八にも満たないだろう。高校の話をしていたから、そこからそんなに時間も経っていないのかもしれない。

「にしては、凄いテクニックだったな……」

彼女が最初にキスをしてきたときや、乳首をなめてきたときの感覚を思い出して、目じりが垂れ下がってしまう。

「ダメだダメだ！　何、考えてんだ！」

思わず首を振り、大きな声で口に出すと、ゴミ捨て場を漁《あさ》っていた野良猫が、変なものを見るような顔で、逃げ去っていった。

僕の頭の中に「淫行《いんこう》」「児童買春」という言葉がぐるぐる回る。仮にも社会部所属の新聞記者だ。十八歳未満の女性と「コト」に及んだことで逮捕され、それが世間に知られたらどうなるか、僕にはよくわかっているつもりだ。

〈地方紙記者が震災取材中に高校生に淫行〉

そんな見出しが頭の中をかすめる。

「でも、僕は勃起不全なのだから、さっきのは、いわゆる性交には当たらないのではないか？お店が摘発され、僕が捕まっても、にゅうさんなら警察に証言してくれるよな」

信じられる人——僕はにゅうさんを、もうそんなふうに思っていた。

「だけど、お互い裸になって性的なサービスは一応受けたのだから、性交ではなくても、あれを性交に類する行為と見なされたらどうしよう」

そんなことを考えながら、ポケットに手を入れたら、折りたたんだ封筒があった。取り出して中を見る。さっきまであった五万円札は当然無く、局長が好意でくれたポケットマネーを一瞬でふいにしてしまったことに落ち込んだ。

風俗店の料金が二万円、ホテル代が五千円としても、半分の二万五千円はあまるから、それでよしとしよう、と思っていた自分が急に恥ずかしくなってきた。

風俗に行くことは自分にとって「安らぎ」であるから、何ら恥ずべきことではない、せっかくいただいたお金を、仕事のモチベーションにもつながる行為に使うのだからよいだろう、と自分を正当化した。だけど、さっきのホテルは思ったより高級で、おまけに僕が破壊した備え付けのティッシュボックスの弁償代が高くついた。

「はあ……」

コンビニで買った弁当を食べたあと、宿泊先のホテルのベッドで仰向けに寝転んだ。やたらとスプリングがきいたベッドだった。沈み込むこともできず、重たい体をがっしりと支えてくれる。ふと右を見ると姿見《すがたみ》があり、目の下にクマのにじんだ三十男の顔が映った。

にゅうさんの言葉が頭をかすめる。

「私はいじめてもいいヤツってなって、それからは……」

「私が悪いんかな……。私がキモイからあかんのかなって思ってるうちに、なんとか人並みの見た目になりたくて。エステにでも行けば変わるかもと思ったけど、親からはお小遣いもらってなかったし、バイトも禁止やったから……、エンコーした」

「でも、気、弱いから、お金もらえないこともよくあって……」

「だから、今は、天国。私、今、しあわせなんよ」

彼女が語った言葉のひとつひとつを思い起こしていると、何だか、顔がヒクヒクしてきた。熱いものが頬を伝い、耳の中に入ってくる。

「え?　僕、泣いてる?」

そこからは涙が止まらない。にゅうさんの「私はいじめてもいいヤツ」という言葉を思い出すと、もう堪《たま》らなかった。

僕も「いじめてもいいヤツ」だった。教室に充満する、「アイツはいじめられて当然」という雰囲気、殴る蹴るを繰り返す同級生たちの表情、いじめられている横で、何も起きていないかの如く、アイドルの話で盛り上がる女子生徒たち……そんな光景がフラッシュバックしていく。

「私、今、しあわせなんよ」

にゅうさんの言葉が僕の心に突き刺さる。

本来、性的な行為は、心が通い合っている人同士が、相手を尊敬したうえで愛し合うものだ。崇高《すうこう》なものであるべき、と僕は思う。だけど、神様が残酷なのは、その崇高な行為に「快楽」という感覚を、人類に与えてしまったことだ。

そのために、時に心が通おうがどうしようが、この「快楽」を人は求めてしまう。「商売」としても成り立ってしまうように、なってしまった。

だから、風俗業は有史以来存在している。だけどその陰で、自分の身体を見ず知らずの人にさらけ出し、身体ばかりでなく心を捧げて傷ついてきた女性は、歴史上どれほどたくさんいただろうか。

なのに、にゅうさんは、まだ十代で、身体を売ってお金と居場所を得たことを「しあわせ」と言ったのだ……。

僕だって、性器は動かなくても、自分の「安らぎ」なんて身勝手な感情を充たすために風俗店に行くこと自体、そんな女性たちを傷つけている「加害者の一人」じゃないか。

だけど、にゅうさんが「しあわせ」と言うなら、今日支払った二万円のうちのいくらかは彼女の救いになっている？

いや違う。さっき、僕は彼女が十代と知って、思わず自分の保身を考えてしまった。

何て最低の男なんだろう。

もう頭が混乱してきた。何が何だかわからない。

ただ、いじめがきっかけとなって、自分の居場所を失い、援助交際の果てに風俗店で働いている少女に、「しあわせになってほしい」という強い想いだけは湧いてきた。

何が「しあわせ」なのか、なんて僕にはわからないけど——。

切れ切れの眠りにまみれて、朝を迎えた。路上では通勤ラッシュがスタートしつつある。街がいやいやながら、けだるそうに目覚める。

僕は今回の取材のコーディネーターと合流した。彼は山口県出身で、現在は神戸市内の商店街で雑貨店を営んでいる。震災で店舗が半壊したため、今は商店街組合の役員として復興に向けて奔走《ほんそう》していた。何でも局長が大手新聞社にいた頃、取材を通して仲良くなったのだという。

「あの方は、私が若い頃、神戸の青年会議所の役員やってた頃に取材してくれましてな。青年会議所で外国人留学生との大規模な交流パーティーを企画したら、それは大きゅう書いてくれて。おかげでパーティーも大成功して、それ以来の仲なんですわ。あのかたの依頼なら断れませんわ」

そう言ってくれるコーディネーターの案内で、僕はいくつかの避難所や仮設住宅を回り、山口県出身者から話を聞いた。

震災から六か月が経ち、仮設住宅の建設も進んだ。一時期は千百か所以上、三十一万人いた避難所と避難者は五百か所、三万人ほどに減っていた。

だけど、街を歩くと、全壊や半壊した建物の取り壊しや修理をする重機があちこちにあって、まだまだ震災の爪痕《つめあと》が残っている。昨日の夜、あれほど賑《にぎ》わっていた街と同じ街とは到底思えない。

「いつものように畳の上に布団を敷いて寝とったら、突然の揺れで目が覚めて……。最初は横に揺れとったのが、そのうちに縦に揺れて……。いろんなものが倒れて、気がついたら、瓦《が》礫《れき》に埋もれてました。倒れてきた壁に挟まれとって……。ちょうどそばにストーブがあって、それでわずかの隙間ができ、助かりました。火が出なかったのが不幸中の幸いでした。お昼前、誰かおりませんかー！　て声がして、それで声を出したら、消防の人たちが助けてくれました……」

須磨区《すまく》で一人暮らしだった、というおばあちゃんの涙ながらの打ち明け話に声も出ない。この震災で、離れて暮らしている息子家族は無事だったけど、従妹にあたる人は亡くなってしまったという。

何時間も壁に挟まれ、命の危険にさらされる間に感じた恐怖感や絶望感とはどれほどのものだっただろう。この数日間、僕は被災者の話を取材しながら、何度もその心情を思い嗚咽《おえつ》を堪《こら》えた。

まったく次元は違うけれど、テレビも冷蔵庫も風呂もトイレもない、ただの倉庫でせんべい布団一枚にくるまれながら生活をしている自分の境遇と、そんな被災者の話を重ねもした。重ねたあと、申し訳なさで唇を噛んだ。

初夏の夕闇がにわかに濃く迫ってくる。今日一日の終わりを告げるかのように、まぶしい太陽が家々の間に沈みつつあった。

コーディネーターは、友人に頼まれて救急箱を届けるというので、密集した住宅地内の小さな集会所の避難所に、僕も一緒に行かせてもらった。その住宅街は小高い丘にあった。震災で亀裂が入った道路の整備が十分ではないため、車で近くまで行き、あとは歩かなければいけない。

「炊き出しがあまってても仕方ないさかい、遠慮せんで食うてってな!」

コーディネーターの古い友人だというおじさんのその言葉に甘えて、みんなでカレーライスを食べた。子どもでも食べられるように甘口だ。じゃがいもがごろごろ入っていて、ほくほくと噛んでいると、自分のお腹が減っていたことに気づく。

そこにいるのは三家族十人ほどだったけれど、おじさんたちは酒も入って陽気だ。過酷な状況をともに受け止め、およそ五か月もの間、一緒に暮らしている人たちの底抜けに明るい笑顔とその協調性は、ちょっと意外で心が温まった。

集会場をあとにし、車の近くまで歩くと、僕は思わず足を止めた。家々の白壁が夕日を照り返して明るい。朱《しゅ》をふくんだ紫陽花色《あじさいいろ》の夕空が街の上に広がっている。

パッと見ると、ただの美しい風景に見える。だけどよく見直すと、街並みのあちこちに、崩れたビルの痕跡や、青いビニールシートがかかった家、取り壊しや建設に必要な重機などがあって、震災の爪痕が強く残っている。

「寂しいな……」

コーディネーターが関西訛りでそう呟《つぶや》いた。見ると、彼の目が赤く腫《は》れている。自分の生まれ育った街が一瞬のうちに崩れたのだ。その想いはどれほどだろう。

一秒ごとに夕日は沈んでいく。切り紙細工のようになった屋根の黒さをくっきりと浮き上がらせ、夕焼けのほとぼりに生《は》えた宵空《よいぞら》がしんとあった。

ホテルに帰って、僕は帰り支度をはじめた。さっき見た、夕陽に照らされた神戸の街並みの光景が頭から離れなかった。

あの家のひとつひとつに、人が暮らしていて、いろいろな想いを日々に抱え、喜びや悲しみを感じている……。ましてや、神戸の人たちはそんな暮らしの中で、あれだけの災害に襲われた。

ふと、にゅうさんのことが心に浮かんだ。

「彼女は、神戸の人なのだろうか。そうでなくても、関西の人なのだから、震災の状況は、肌で感じているよな……」

彼女の言う「しあわせ」の意味を噛みしめた。

身体を売ることのぜひは置いておいて、どんな過酷な状況にあっても、人は「しあわせ」と感じれば、その人にとって、それは「しあわせ」なんじゃないか。

今日、一緒にカレーライスを食べたあのおじさんたちは、少なくともあの時間は「しあわせ」そうだった。それは、過酷な震災をともに経験し、一緒に生活して同じ苦しみを共有しながら、希望を失わず励まし合ってきたからこそ、「しあわせ」も共有できるのだろう。

もしかしたら、僕だって今は「しあわせ」かもしれない。兄の会社の倒産によってトイレも風呂も電化製品もない倉庫に住み、毎日食うものにも困っている。身体は週二回の深夜のアルバイト先のホテルでシャワーを借りて洗っているが、それ以外の日に汗をかいたら、近くのコイン洗車場で誰もいないのを見計《みはか》らって体を洗っている。

いじめのトラウマからくる恐怖感も相変わらずで、小さな子どもへの取材は局長にお願いして遠慮させてもらっている。だけど、僕は局長や社長、アルバイト先の女将《おかみ》さんなど、人に恵まれて、充実感を感じる日々を送れているではないか。

「だから、今は、天国。私、今、しあわせなんよ」

にゅうさんの、はかなげな表情が浮かんだ。だけど、このままじゃダメだ。今の状態は、社会の価値観に照らせば、僕もにゅうさんも決して「しあわせ」ではないだろう。

いや、社会の価値観なんていっそどうでもいい。

身体が傷つくと、心も傷つく。身体の痛みが心の痛みへとつながることは、壮絶《そうぜつ》ないじめを経験している僕が気づいているのだから、にゅうさんもわかっているだろう。にゅうさんが、このまま身体を売り続けていけば、もっともっと心は傷ついていくのではないだろうか――。

だからと言って、にゅうさんに会って、何を言ってあげられるわけではない。だけど、もう一度会って何か、優しい言葉をかけてあげたい。猛烈にそう思った。

だけど、手元の取材に必要なお金は、もう一万円ほどしかない。

覚悟を決めた。取材最終日の前日、経理部に「写真撮影に新しいレンズが必要」と嘘の電話をし、翌日の朝、口座に三万円を振り込んでもらった。必要な領収書はどうする？　頭を振ってよそにやる？　その日の夕方、電話ボックスに駆け込んで、大切に財布にしまってあった「ローズ」の張り紙を取り出し、電話をした。

「……あの、にゅうさんって、今日入れますか？」

「ああ、今日は休みなんですよ。他にええ子、いっぱいおりますよ！」

「じゃあ、大丈夫です……」

電話ボックスを出た僕は、そのお金で他の風俗店に電話をかける気にもなれず、「ローズ」の張り紙を破り捨てると、神戸の繁華街をふらつきはじめた。

見覚えのあるラブホテルの前を通る。そうだ、この場所だ。他に人がいっぱいいるにもかかわらず、大きな声で「エッチ、できるようになるといいねー！」と叫んだ、にゅうさんの明るい声を思い出した。

彼女はきっと、他に人がいるなんて気にならず、あの瞬間は、僕に何かしら温かい言葉をかけたい一心でそう言ってくれたのだと思う。自分がいっぱい傷ついてきたからこその、他人を思う気持ちなのだ。それは僕も通ってきた道だからこそ、理解できる。

「エッチできるようになったら、自分が大切と思う人としよう……」

そして、その大切な人に、いつか、にゅうさんがなったらいいな、と密《ひそ》かに思った。

連絡先は渡したけれど、連絡はこないような気もする。

キーコ③

一九九七年十二月二十三日、大阪梅田は夜の九時。街はクリスマス前の浮かれた様相にもかかわらず、デザイン系専門学校の地下にある狭いスペースでは、泥臭いしゃがれ声が響いていた。

「ありがとうございましたー！」

「ありがとう、観《み》にきてくれたんや！」

そこここで、和気あいあいとしたやり取りが繰り広げられる。南大阪で活動するアマチュア劇団の新人お披露目公演だった。

私は受け取った花束を事務机に置いて、その流れでつい首筋を触る。長かった髪はもうなくて、ベリーショートのヒヨコのような手触りにまだ慣れなかった。

私が劇団に入ったのは半年前のことだ。勤めていたデリヘルに警察の摘発《てきはつ》が入ると分かり、未成年の私は誰にも言わずに夜逃げ同然で寮を飛び出した。行くあてはなく、また援助交際時代に巻き戻りかと腹をくくっていたら、運よく、父と母が離婚したことを知った。父さえいなければ、あの家にいてもモラハラじみた扱いを受けることはない。

一年以上行方《ゆくえ》をくらませていた娘が戻ってくる。母親はどれほど憔悴《しょうすい》しきっているだろうと胸を傷《いた》めていたら、存外、いや、度を超してふくよかになっていた。美人で通っていた垂れ目がちな顔立ちも、まるで魔法のとけた狸だ。

ストレス太りなのか、離婚できたことによるリラックス太りなのか分からないけれど、その容姿の変化に、私は逆に知らない人と暮らす気軽さを感じた。

はじめて立った舞台で、私はトランスジェンダーの役を演じた。いわゆるオネエだ。全三回公演で、ダブルキャストやトリプルキャストと、ひとつの役を複数人で演じることになっていたのだけど、行われたオーディションで、演出は、迷いもなく言いきった。

「オネエ役は、どの回も全部、キーコな」

キーコとは私の本名だ。

「え？　オネエなん？　それも私だけ？　なんで？」

「顔」

演出はもう決めたと言わんばかりに、そして手持無沙汰だったのか、本公演でするヤンキー役の習慣だった上半身裸で、バット素振りを繰り返していた。

かくして髪をばっさり切り、メイクも普段のノーメイクとは打って変わってバッチリ決め、観劇を終えた客たちを見送る。アマチュア劇団の客なんて、ほとんどが友だちか知り合いだから、未来につながるスカウトなんていないのだけど、丁寧に頭を下げた。

その時だった。共演していた女性にさっそうと手を振る、さらさらヘアの男性が立っていた。常軌《じょうき》を逸《いっ》してかっこいい。周りにいる他の男性客が、売れないまま歳をとってしまったへちま芸人の集団に見えるほどだ。

こんなおしゃれのかけらもない場所で会った人が、自分が子どもの頃、憧れていたマンガのヒーローに似ているという信じられない奇跡。一目ぼれだった。

「あれ、誰⁉」

私は女性団員に詰め寄る。

「ああ、前の養成所の友達。あ、ありがとうございます」

団員は、それ以上言わず、他の客に頭を下げる。

「そんなことより、何て名前の人？　何歳？　彼女いる？　紹介して！」

「そんなことよりって、キーコちゃん、今は客出しやろ。ちゃんと挨拶せな」

「じゃあ、今度、紹介してくれる？　約束やで、絶対！」

本気で頼んでいたのだけど、彼女はあしらうだけだった。それもそのはずだ。私はデリヘルで勤めていた名残か、男性との距離感が異様に近く、下ネタも平気で言うから、周りは男友達ばかりだった。こっちから好きになったことはないけれど、相手が同じ気持ちだったかというと分からない。女性陣から見ても、思わせぶりな態度を取っていたと思われてもしかたなかった。

結局、彼女は私にその人を紹介してくれることはなかった。けれど、奇跡は二度目が起きた。偶然受けたタレント事務所のオーディションに彼がきていたのだ。審査員席の向かい、前から三列目の真ん中。そこだけ光って見える。

運命だ。私は何のためらいもなく彼に声をかけた。

「キーコです!」

だけど、彼はいぶかしげに口を開いている。

「え、あれ、おかしいな。キーコです」

彼はおかしな宗教勧誘に迫られたかのごとく、身を固くする。さすがの私も気づいて言い直した。

「すみません。あの、観てくださった舞台でオネエ役やった……」

そこでようやく彼の顔が納得の色をたたえた。悲しいかな運命だと思ったのは、私だけだった。神様のいじわる。とんだ恥をかいた。

でも出会ってしまったのだ。細かいことはこのさい許す。私はもうオーディションどころじゃなくなって、審査員より、彼の目にとまることだけを考えていた。その時だった。

「このあと時間ある？」

驚くべきことに、彼のほうから声をかけてきてくれた。私は机を頭でかち割るほど頷《うなず》く。本当は劇団の後輩と約束をしていたけれど、入ったカフェのグリンピースでアレルギーにでもなって先に帰ったことにすればいい。今は目の前の獲物を捕らえなければ。

「キーコちゃん、やっけ？」

「はい！　お名前、教えてもらってます。瀬名さんですよね」

「ああ、そうやけど……」

そう言うと、彼は王子様のスマイルを浮かべて言った。

「陽介って呼べる？　キーコ」

紹介されなかった理由が分かった。彼は私を超える遊び人だった。運命でも奇跡でもない。ハブとマングースの食うか食われるかの闘いだった。


デートの約束はその日のうちに決まった。陽介は、付き合っている人はいるけど、もう連絡もほとんど取ってないし自然消滅かも、とこれまた適当極まりない言葉で手をつないできた。

私はと言うと、その時、自分ではそんな気はなかったけど、相手は私と付き合っていると思っている人が数人いて、だけど、「フリーです」と悪びれず笑った。

セックスまでのゴングが鳴り響く。ところが、二人のいかがわしい気持ちを食い止める存在が劇団にいた。私をオネエ役に抜擢《ばってき》した演出の男性だ。

彼は、私にとってアニキ的存在で、何かにつけ一緒に遊びに行っていた。打ち明けてしまえば、恋愛感情が私の中にまったくなかったかと言えば嘘になる。陽介と出会うまでは。そう、出会うまでの話だ。

だけど、私の心が陽介へと離れていくのがしゃくだったのか、演出の彼は馬に蹴られることを平気でやってのけた。

ある日のことだった。飲みに行くぞ、と演出に誘われ、いつものように車に乗ると、普段はよれよれのTシャツ・ジーパンのくせに、しゃれたスーツを着ている。行きつけのショットバーに着いたら、私がよっこいしょと開けるはずの扉を、さっと前に立ち、スマートに開け、中へ促す。

何かおかしい。今年の梅雨が暑すぎて、頭がわいたのか？　けどまあ、そんなのどうでもいい。とりあえず飲もう。私はメニューを開き、飲み慣れたカクテルを注文しようとするけれど、演出はそれを制して私のカクテルまで勝手に決めた。

なんなんだ、と問い詰めようとした時だった。彼が小首を右斜め四十度に傾けて、夜なのにかけていたサングラスを取った。

「あいつは、俺と同じにおいがする」

意味が分からず、私はぽかんとなる。演出は続ける。

「俺も昔は、ひどい付き合いを平気でできた。ひっかけるためなら、女に花、持たせるような行動ができた。だまされてるぞ、おまえ」

女に花……。そのスーツ姿やさっきのドア開けがそうなのか。それが精一杯の口説きパターンなのか。私は笑いがこみあげそうになる。

だけど、彼は重ねる。

「あいつの手、見たか?」

「手?」

「そうや。あの手は、どう見てもホストの指や」

陽介は実家が工務店を営んでいて、その手伝いをしていると聞いていた。確かに、それにしては細く長い整った指だ。

くさってもアニキ分。まんまと私はそれを信じた。

このままじゃ、陽介に遊ばれる。風俗に勤めていた過去を持っていて、遊ばれることを不安がるのもおかしいけれど、なぜかアニキ分の言うことを鵜呑《うの》みにした。

おかげで、私と陽介は、陽介の丁寧な告白の末、付き合いはじめても、なかなかその先に進まなかった。家が離れていたということもあり、朝会って、夕方には別れる。私の年齢がまだ十八だったのも、五歳年上の彼に気を遣《つか》わせた。

こんなやらずぼったくりのようなことをしていたら、何もないまま関係は終わるんじゃないか。それこそ、演出の思う壺なんじゃないかと、日に日に歯がゆさが募《つの》ってきた——のは向こうも同じだったのだろう。

どれだけの障害物を置かれても止まらないのが、若い二人のエロ心だ。

付き合いはじめて三か月。夜空に大輪の花が咲く八月に、皮肉にも神戸のホテルで私たちは結ばれた。触れられなかった時間の分も、私たちの火は燃えた。

それから坂道を転がり落ちるようにして同棲《どうせい》をはじめ、私は劇団もやめてしまった。

川の向こうに小さな児童公園の見える1LDKのハイツだった。新しくはないけれど、広さはあり、なけなしのお金でリビングにだけエアコンをつけた。陽介はまだ芝居の道を諦めていなかったし、私も「ちゃんとした」生活を望んでいたわけではなかったから、お互いがアルバイト生活で日々を過ごした。

アルコールの試飲販売のバイトから私が帰る頃には、斜陽《しゃよう》が川の水面《みなも》に金色の影をきらきらと落とす。家々の壁が夕日を照り返して明るい。スーパーのビニール袋を提げた人たちと何人もすれ違った。みんな、プールでダイエット歩行をするように、重そうに、だけどのめのめと歩いている。

しあわせ。私はまた噛みしめる。

私は幼少期から、「しあわせ」という言葉に異常なほど執着があり、ことあるごとに繰り返していた。満ち足りている時も、そうでない時も。しあわせと呟《つぶや》けば、それはしあわせになった。

だけど、今回は本物だ。好きな人と一緒に暮らす。その人のために私の時間はあり、私は、だから、生きていていいのだ。

ところが、変化は簡単に訪れた。

フリーランスの役者として芝居をしていた彼の帰りが遅いと、言いつくせない不安が襲いかかる。かわいい子と出会ってしまったんじゃないか。私といるより楽しいことがあったんじゃないか。

遊び人と思われていた陽介は、蓋を開けてみれば真面目な人だった。同棲《どうせい》をする前にもすでに目玉が飛び出る金額の指輪を用意し、「ローン組んだ」と言わなくてもいいことを打ち明け、誇らしげに私の薬指にはめた。

真剣に付き合ってくれる。だからよけいに怖《こわ》かった。彼が気に入る女性が現れた時は、きっと遊びで終わらない。私は捨てられる。

どうしよう。私にはその人に対抗できるだけのことが何もない。みるみるうちによみがえってくる。私を「できそこない」と言った父親の冷《さ》めた目、「こいつは守られる価値もない」といじめを続けた教師や生徒、そして流れ着いた人に自慢できない風俗という仕事。

と、そこで私は、はたとなった。あるじゃないか、私にも人と対抗できるものが。

たったひとつ、自信のあること。それは、性的なテクニック。メスとしての私なら、彼をつなぎとめられるかもしれない。

少し伸びてきたボブカットの髪に、私は早く髪が伸びるというスプレーを振りかける。彼が「長い髪もかわいいんじゃない？」と言ったからだ。身に着けるのは上下セットで一九八〇円だったピンクの下着。真面目ぶった、むっつりスケベにはこれくらいがちょうどいい。

彼が帰ってくる。また勝負開始のスタートピストルが発射される。狙いは、囲まれ守られた騎馬戦の帽子だ。「今日は疲れてるから」と深くおさえこんだ帽子を有無を言わせずはぎ取ると、周囲の騎馬を蹴散《けち》らしてゆく。

彼も若い。何より、私の希望をかなえたいという優しさを持った彼だから、そのままベッドになだれこんだ。

その日から、運動会は毎夜開催された。彼がバイトで遅くなっても、稽古で徹夜明けでも、私は三つ指そろえて待っている。

ある日、さすがに限界のきた彼が言った。

「今日は、やめよ」

私の心は殴り飛ばされてふっとんだ。やっぱり、もう私のことなんて好きじゃないんだ。もう終わりなんだ。極端な思考が渦巻いて、離れない。

私は真っ赤な顔で、涙を流しながら叫んだ。

「もういいよ。じゃあ、私のことなんて捨てればいい！」

「何言ってんの。そんなんしたくない」

「じゃあ、殺せ」

「え？」

「殺せ、殺せ、殺せ、殺せ、殺せーーー！」

雄たけびをあげながら、ベランダに続く窓を開ける。柵から身をのりだし、住宅街に向かって咆哮《ほうこう》する。水色の夜気の中で、公園の木々が霧にぬれて広がっている。いつもに増して闇の密度が濃い。家々の窓は鏡みたいになって荒れ狂う私を映していた。

ふいに思い出した。

「アムロ、イけないんです……」

陽介をそうしてしまうかもしれないのは、私だ。
あの雨上がりの湿ったにおいがよみがえる。
私は信じられない。人も、自分も、愛だって。
夜風が髪をなびかせた。
あの人、エッチ、できたかなあ——。

夢にまで見たトイレ、風呂、キッチン。これでやっと人間らしい生活ができると思えて、もよおしてもいないのに何度もトイレに座ったりした。

神戸から戻り、すべてを忘れるように働きとおした翌年、弁護士から連絡があり、僕の債務は全額免責《めんせき》となったのだ。

その月から給料は全額もらえることとなり、僕は倉庫を出、アルバイトを辞《や》め、会社の近くに改めてアパートを借りた。島根の建設資材会社の社長さんに払っていた債務も、ある程度の金額になったことで、「あんたも被害者なんだし、もういいから」と許してもらえた。自己破産したため、当面はローンも組めないし、もちろん銀行などからお金を借りることはできないけれど、それよりもどん底の状態から再出発できたことが何よりも嬉しかった。

ところが事態は急展開した。ずっと僕を気にかけ、お世話になっていた局長が会社を去ることになった。

「本田、大変だろうけど、お前は『書ける』から大丈夫だ。しっかりやれよ」

そう、僕の姓は本田、下の名前はにゅうさんに言った通り、智之《ともゆき》なので、「本田智之」が僕の名前だ。実にどこにでもある平凡な名前だ、と思う。

局長は、基本、仕事に対して厳しい人だった。原稿に足らないところがあると、若い記者をきつい口調で問い詰めることもあったから、社長とは社内教育や編集方針をめぐって口論することもあった。でも、対立することはあっても、二人とも言論人としての矜持《きょうじ》を持った人で、根っこのところではお互いを尊敬していた。僕としては、局長が辞めた理由がどうしてもわからなかった。

そうこうするうち、状況はとんでもない方向に向いて行った。

十二月一日、「映画の日」であるその日、僕の勤めていた新聞社は、民放地上波放送局に売却され、完全子会社になってしまった。僕ら社員が知らされたのはその日の朝礼だった。まさに青天《せいてん》の霹靂《へきれき》だ。

午後には記者会見があり、夕方の山口県内のテレビのニュースではどの局も他局のことながら、このことを報道した。社長は経営悪化の責任を取って代表取締役社長を辞職。編集局長も新しい人が就任した。発行部数と広告収入がかなり落ちていたことは何となく知っていたけれど、そこまで悪いとは思っていなかった。そしてこの事態が、僕を新たな困難へと導いた。

会社が売却され、少し社内の雰囲気が落ち着いた頃、僕は新しい局長に呼ばれた。記事のことだろうかと心を引き締めていくと、告げられたのは意外な内容だった。

「本田君、いろいろ調べさせてもらったけど、これはまずいな」

新局長は、僕の前に、三年前付けの『官報』と同じ頃に発行された情報誌『東洋商工リサーチ』を置いた。

「どういうことか、わかるよね?」

『官報』は、行政の休日・祝日を除いて、法令の変更など国が関わることを国民に「お知らせ」するために内閣府が毎日発行している「広報紙」だ。おそらく一般の人たちのほとんどは存在さえ知らないのではないだろうか。

とはいえ、この『官報』には自己破産申請者の氏名が定期的に掲載される。入札情報なども含めて、必要な人にとってはとても必要な「情報」が載っているのだ。もちろん、マスコミにとっても。

この号の『官報』には、「自己破産申請者」として、僕の氏名が載っていた。

この号に載っている僕の名前を見つけたのは前局長で、まさにこの部屋で僕、前局長、前社長の三人で話し合った。

「名前が出ちゃって、会社に迷惑がかかりませんか?」

「まあ『官報』は、一般の人は読まないから大丈夫だろう」

「不動産屋あたりが情報収集で読んでいるが、取材活動に支障《ししょう》はないさ。気にすんな」

そんな会話が、三人の間ですでにされていたのだ。

新局長は座ったまま、立っている僕に向かってこう言った。

「事情は聞いたよ。お兄さんの会社の件は大変だったと思うし、身内を救おうとした君の行動も十分理解できる。だけどね、やむをえないとは言え、わが社の花形とも言える報道記者が自己破産して、こうして情報が表に出ている。ということは、うちも再出発したばかりだし、いろいろと他社や読者から指摘されやすいリスクを抱えている、これを踏まえて考えなきゃならないことだと思うんだ。とくに、社会部の記者は街に出て直接市民と接してネタを拾う、前線の兵隊だからね」

「ですが先日、裁判所から免責も降りましたし、僕は法律的には何の問題もないはずです」

「問題はそこじゃない。君は就業規則なんて読んだことないと思うが、新体制になる前から就業規則には、きちんと副業禁止がうたってある。にもかかわらず、君はアルバイトをしていた。前の人たちが君の副業を許していたこと自体が大問題だ。社員に対してもそんな甘い姿勢だったから、新聞の売上げも上がんなかったんだよ」

「僕のことは仕方ないですが、二人のことを悪く言うのはやめてください」

「君にとっては恩人だからね。前社長も前局長も、『君のことはくれぐれも頼む』とおっしゃっていたよ。だけど……お二人には申し訳ないが、会社が新体制になった以上、これまでと同じように仕事をしていくことは難しいかもしれないね」

「……つまり、僕はクビってことですか？」

「そんなことは言ってない。要《よう》は、君自身、記者としてのモラルを問われている、ということを言いたいんだ。記者という社会的にも責任ある仕事をしながら、会社の規定に違反し、上司の好意に甘える……これを恥ずかしいことと思わない、思えない意識に問題がある、ということだ。あと、私に言わせれば、君が自動車工場の倉庫に住まわせてもらっていたことも、ビジネスホテルのアルバイトをさせてもらっていたことも、君という個人を評価して助けてもらったと言うより、君が新聞社の記者だから助けてくれたんだと思うよ。そこを勘違いしちゃいけない」

「そんなこと！」

「絶対ないと言い切れるのか？」

「……つまりは……僕が自主的に依願退職すればいいってことですよね……新体制になったばかりでいきなり解雇なんてしたら、面倒くさいことになりますし……」

「そんなことは言ってないよ。会社としては、君の判断を十分に尊重する。ただし、この会社に残るのであれば、報道部に在籍することは難しいと思ってくれ。あくまで君が希望しての退職ということなら、会社としてはこれまでの働きに感謝し、それなりの退職金を支払わせてもらう。そのほうが、いろいろと大変な君も助かるんじゃないか？」

「そうですね。労働基準法では退職金に対して明確な取り決めはありませんが、わが社の就業規則第六項第三条には退職金に関する規定が明示されていますから、もらえるものはいただこうと思います。あ、アルバイトする時に、就業規則はちゃんと読んでます。わかっていて違反しました。すみません。辞表はすぐに書いて提出します。では、これで失礼します。あなたにはお世話になっていませんが、この会社には大変お世話になりました」

精一杯の皮肉を言って局長室を出た僕は、はらわたが煮えくり返ると同時に、これまで記者として頑張ってきた八年間を振り返った。

とくに最後の二年間、人間らしい生活はできず、日々の食事にも困る中、アルバイトをしながら、必死にこの仕事にしがみついてきた。

少年期のいじめによる突然のフラッシュバックで、学校取材のたびに自傷行為《じしょうこうい》までして我慢もしてきた。取材先で親切にされ、思わず悩みを打ち明けると、本気で「うちで働かないか？」と誘われることもあった。

それでもこの仕事に執着したのは、誰かに、自分なりの表現で価値を「伝える」ことが、自分にとって、最も心が安定し、「しあわせ」と実感できる、大切なものだったからだ。

確かに上司が内緒で許してくれたとは言え、就業規則を破って副業をしたことは悪い。だけど、会社を辞めないためには、そうせざるを得なかった。自己破産申請者ということは社会的には落伍者なのかもしれないし、そもそも「社会の公器《こうき》」とも呼ばれる新聞の記者など、やってはいけないのかもしれないけれど、それでも僕は仕事を続けたかったし、前局長はそんな僕のことを理解し、記者としての取材力を買ってくれていた。

そのすべてが否定された今、僕が大切に守り続けてきたものとはいったい何だったのか、まったくわからなくなってきた。

どうやら僕は、人間を信じ過ぎたのかもしれない。

前局長をはじめ、女将さんや社長がそうだったように、懸命に頑張っていれば、周囲の人は僕を理解し、愛し、守ってくれると信じていた。

でも、そうじゃなかった。

結局、子どもの頃と同じだ。僕は、「いじめていい」人間なんだ。

あの新しい局長は、僕の仕事や人間性なんて見もしないで、ルールを破っただけで僕を見下してクビを突き付けた。それも、狡猾《こうかつ》に僕から辞めることを言うように仕向けてきた。いじめっ子は、いつもそうだ。自分は安全圏にいて、あの手この手でネチネチと、冷徹に、かつ残酷にこちらの息を止めにかかってくる。

もう何も信じられない――。

辞表を叩きつけたあと、僕はすぐに自分のデスク周りを片付け、会社を出た。お世話になった社内の方々への挨拶もそこそこに、帰りには銀行で口座にあるお金を全部引き出した。先月の給料の残りが十一万円あった。

そのままアパートへは帰らず、僕は博多行きの新幹線に乗って、北九州市の小倉駅で降りた。当てもないまま、駅前の立ち飲み屋で日本酒をひっかけて、そのまま電話ボックスに入る。無数に貼られているカードの形をしたデリヘルの張り紙を、デザインや店名も見ず無造作に剝《は》がすと、その電話番号に電話した。

「……はい、ビビアンです……」

女性の声だった。デリヘルに電話して女性が出たのは、はじめての経験だ。僕の声が裏返る。

「あのう……誰でもいいんで、女の子一人お願いできますか。あ、誰でもいいと言いましたが、若けりゃ若いのに越したことはないです。ただし、十代はダメです」

クビになった動揺と、思わぬ女性の声とに、もうグタグタになっている。自分自身、ヤケになっていることを肌で感じた。

「二十五歳のいい子がいるんで、その子でいいですか?」

「はい、お願いします……」

その後、駅前のラブホテルに入って、部屋の固定電話からゼロ発信で再びその店に電話した。今度は男の声だった。号室を知らせ、いつものように浴室にお湯を張り、スリッパを揃えて待っていると、二十分ほどで女性がやってきた。

「こんばんは。ちちと言います。お兄さん、私で大丈夫ですか?」

「ちち」と名乗った女性は、少しふくよかで、相当な胸のふくらみのあるのが衣服越しにもわかる。

それで〝ちち〟なんだ――。

そう納得しつつも、風俗は二年前の神戸以来で、〝にゅう〟の次は〝ちち〟かよ。「乳」の読み方が違うだけじゃん!　こんな偶然あるか? と心の中で少し笑ってしまった。

「もちろん、大丈夫です。というか、お姉さんは僕で大丈夫ですか?」

「え? 当たり前じゃないですか。お客様やけん」

ということは、あくまで客だからで、客じゃなかったらこうはならない、ということだよな……などとひねくれた考えが頭をめぐっていると、その子は急に僕に抱きついてきた。

「私、自分も太っとうけん、太っている人好きなんです。プニョプニョしとる人って触っとうと気持ちいいけん!」

小倉弁でそう言われて、何だか妙な気持ちになり、思わず僕はちちさんを押し倒した。キスをする。熱いキス。本当なら、風俗でこんなことをしたら、シャワーや歯磨きを促されるのだけど、ちちさんとはそうならなかった。お互いを抱え合ったままベッドを転がり、服を脱がすのもそこそこに僕はちちさんの肉体をむさぼった。

もちろん、デリヘルは「本番禁止」だ。けれど、当時は最後まで至るのはふつうだったのだ。僕とちちさんは流れに任せて、そのまま行き着くところまで進んでしまった。

この頃の僕は、裁判所で免責《めんせき》がおりてから、あれほどピクリとも動かなかった肉体が、アダルトビデオを見ながら自慰行為をすれば、何とか射精できるまでには回復していた。

とはいえ、「いざ」となるとどうなるか、はわからなかった。それが、ちちさんの「太っている人好きなんです」の言葉に安心したのか、自分でもビックリするぐらいに、その夜はあたりまえのように女性を抱くことができた。

あたたかく柔らかい泥の中に、ずぶずぶと入っていく感覚だった。ゆっくりと目を閉じる。そしてスイッチを切るように頭の中からすべての明かりを消し去り、闇の中に心をうずめた。

気がつくと、ちちさんの顔が目の前にあって、僕の頭を撫《な》でていた。

「お客さん、寝ながら泣いとったよ。なんかあったね?」

「僕、泣いてました?」

「うん……。うわごと、言っとった」

ひどい疲労から、小石のように言葉を探す。

「……実は今日、会社、クビになっちゃって……」

「そうなんだ……。お客さん、いい人そうなのにね……」

「いい人は、社会じゃ役に立たないんですよ……」

「あ、それわかる。じゃあ今日は、お代はいらんけん。お客さんの退職祝い！」

「それはダメですよ！　ちゃんと払います！」

「さっき電話出たの、ウチなんよ。ウチ、店長兼務。そこら辺は私の裁量《さいりょう》でどうにでもなるけん！」

「いや……、そういう問題じゃなくて……」

「ゴメン、二十五歳は嘘。本当はもうちょっといっとお」

「……そこじゃなくて……」

「まあいいけん！　……あと、ここら辺で女の子買う時は、絶対寝ちゃダメやけんね」

「どうして？」

「タチ悪い女の子も多かやけん、客が寝たら、サイフからお金抜いてトンズラするような子もおるんよ……」

「そうなんだ……。でも、ちちさんは大丈夫でしょ?」

「わからんよ? ウチだって……けっしてしあわせじゃなかけんね……」

「しあわせ」という言葉に、僕は、反射的に神戸の夜の街で出会った少女のことを思った。

ちちさんとは対照的な体形の「にゅう」さん……。

彼女は自分のことを「しあわせ」だと言った。どう見ても「しあわせ」な感じじゃなかったのに。本当の「しあわせ」を追い求めて、震災後の寂しさと混沌が入り混じった繁華街を、はかないカゲロウのように彷徨《さまよ》っているにゅうさん……。僕の脳裏に浮かぶにゅうさんは、そんなイメージだ。

今、目の前にいる「ちち」さんは、二十五歳よりは上ということだから、おそらく僕と同年代ぐらいだろう。

にゅうさんのはかない雰囲気と比べると、肉感的でずいぶんたくましいが、そんな彼女はにゅうさんとは違って「しあわせ」ではないと言う。

「私……、この世界に居場所がなかってん」

そんな、にゅうさんの言葉を思い出していると、ちちさんがこう言った。

「お客さん、今、彼女のことでも思っとうと？」

「いや、彼女じゃないですけど……」

「彼女じゃなくても、やっぱり女のことやん！　ギャハハハハ」

ちちさんは、豪快に笑った。

「ホテル出ようか。ウチ、今日これで上がりやけん。よかったら、これからどっかでご飯食べて、そのままウチにこん？　会社クビになって家に帰りとうなかったら、しばらくおってもよかよ」

そんなちちさんの言葉に、僕は驚愕《きょうがく》した。はじめて客として会ったばかりの僕に、風俗の料金を無料にするばかりか、家にきてしばらくいてもいい、なんてことを言うなんて、それこそ何かとてつもない詐欺《さぎ》か何かに巻き込まれるのではないか？

小倉の街は、雪がちらついていて、やたらに寒い。街は、クリスマスムード一色だ。

「明日はイヴやけんね……」

そう言って、ちちさんは僕の腕に自分の腕を絡ませてきた。

一九九七年十二月二十三日。季節も場所もまったく違うのに、小倉の繁華街は、あの日の神戸の街の雰囲気に、どこか似ている、と僕はふと思った。

エッチなんて簡単にできた。私がその気になれば、男は簡単に寄ってきた。セックスできたことに喜んで、その男の布団に酔っぱらっておしっこをもらしても、それほどまでによかったのかと勘違いして誇らしげにしていた。

それが、陽介とはできない。

唯一の必殺技《ひっさつわざ》すら効《き》かない敵に、私はみるみる自信を喪失していった。

「こんな私、この世にいらない人間だ……」

役立たず。いや、勃《た》たせられず。

しだいに、そんな私は周りの人からもさげすまれ、笑われているような気がして、まともに外を歩けなくなった。パーカーのフードを目深《まぶか》にかぶり、隠者《いんじゃ》のような格好で明るいテーマソングの流れるスーパーマーケットに足を踏み入れる。うなぎに長いも、にんにく、ニラ。精のつく食材を惜しげもなくかごにいれていく。妊活《にんかつ》ならぬエロ活だ。

ドラッグコーナーに行き、ユンケルも箱買いする。お金の出所は風俗時代の貯金の切り崩し。体を売ったお金で、今度は好きな人の体を買う。皮肉極まりない。

レジへと向かう角を曲がった時だった。高校生くらいの女子の群れが黄色い声をあげた。ドラッグコーナーの壁に、旬《しゅん》の俳優のセミヌードの制汗剤のポスターが貼ってあったらしい。瞬間、私の汗は制されず湧き上がる。高校時代のいじめを思い出す。私なんかいじめられるような人間。きもいって聞こえる。消えろって言われてる。

叫びだしそうになった。私はフードをさらに目深にして、超特急でその間をすりぬけた。

「何あれ、きもい」。背中が震えた。


私がおかしくなっていってからも、陽介の態度は変わらなかった。私のたくらみも知らず、精のつくメニューをばくばくとたいらげ、次に演じる舞台の台本をソファに寝転がって読んだ。

昔なら、このまま組《く》んず解《ほぐ》れつ組体操に突入していたのに、彼は私に手を伸ばそうともしない。私はどんどんふさぎこむけれど、どんかんな陽介は気づかない。

愛されたい。触れられたい。私の不安を消してほしい。

その時、陽介がふと言った。

「なんか、お菓子なかったっけ?」

私は、ここぞとばかりに「夜のお菓子うなぎパイ」をさしだす。台本に戻り、片手でぽりぽりとかじっていた彼は、次の瞬間、うおっ、と言った。不思議に思って駆け寄る。彼の鼻からは盛大に鼻血が出ていた。

「ティッシュ！」

彼はティッシュケースに手をつっこむが、狙ったように、最後の一枚がはらりと出ただけ。陽介が焦りはじめる。

「買い置きは？　あったっけ？」

「あ、ないわ」

私が言う。彼の鼻血は止まらない。

「トイレットペーパー！」

「わかった！」

くるくるとロールを引き抜き、彼の鼻に詰める。それでも鼻血の量に追いつかない。私は思いついた。

「タンポンがある！」

「生理用品の？」

「うん、あれなら血をいっぱい吸うから、きっと止まるはず」

私は洗面所に行き、買い置いていたタンポンを取ってきて、彼の鼻に押し込んだ。もはや最初の王子様の影も形もない。陽介は片鼻にタンポンを突っ込まれたまま、おとなしく上向きに寝転がっている。

狙い通り、鼻血はそれ以上滴《したた》り落《お》ちなかった。だけど、次の瞬間、陽介はぐっと鼻をおさえた。

「痛い……」

「え?」

「なんか、鼻の中で膨《ふく》らんでる。やばい、これ、鼻の穴、大きくなるかも」

「取る?」

「うん。もう止まったやろ」

陽介の鼻から、私がタンポンを引き抜こうとする。だけど、取れない。鼻の中で血を吸って膨張したタンポンが完全に鼻をふさいでいる。

「痛い。痛い。キーコ!」

「どうしよう、抜けへん」

「やばい。ますます膨《ふく》らむ」

「タンポン……。陽介、鼻からタンポン出してる」

「キーコが入れたんやろ」

「タンポン、あはは、タンポン」

「何笑ってんねん。これ、やばいって」

「タンポン。タンポン。タンポン」

「キーコー！」

お腹を抱える。何日かぶりに、私は涙が出るくらい、声をあげて笑った。


それでも、私の精神は日に日に崩壊していった。劇団もやめ、打ち込めるもののなくなった私は、ぽかんと空《あ》いた時間を埋めることができなかった。空白の中で浮かんでくる思考。自分はなんで生きてるんだろう。調子を崩し、アルバイトにも行けない。取り立てて才能があるわけでもない。育った家庭でも学校でも煙たがられ、ここにいていいと言われたこともない。

私に未来を誓ってくれたのは、陽介だけだった。愛してると言ってくれたのは――。

だけど、それだって、もううんざりしてるんじゃないの？

きれいなふりをして生きるのは、息苦しくてしょうがない。私は、ずっとだましたり、欺《あざむ》いたりしてきた。世界が歪《ゆが》んでいるのは、きっと、私のせいなのだ。

次の瞬間、私の脳が暴走する。

「そうだ、終わらせよう」

捨てられる前に、私がこの関係を終わらせる。

それなら、悲しくない。

私は陽介が嫌がることをあえてするようになった。透明のプラスチックボックスの中に入った二人のアルバムから写真を抜き出し、びりびりに破いていく。これは、大阪城公園。これは初詣のカラオケ。ヴィジュアルバンドをしていたこともあった陽介の歌い方は、彼らのそれと一緒で、小指をからめたマイクが形だけそれらしい。

オレンジ色の西日が照らす中、私は写真の紙ふぶきを作る。その背はさながら呪いの藁人形でも作っているようだ。

背後でドアの開く音がする。ただいま、と陽介が帰ってきて固まる。

「何やってんの?」

「もういらへんから」

「なんで……」

「もう私ら、終わりやろ……?」

「なんで、そんなこと言うん?」

振り向くと、陽介があの長く細い指で、目頭《めがしら》を押さえている。私はその瞬間、ほっとする。

ああ、彼が悲しんでくれている。私はまだ彼に愛されている。

私は、愛情の量り方が分からない人間だった。思えば、高校時代の彼氏の時もそうだ。ガンダムのキーホルダーをつけていた彼。部活の先輩だった彼と両思いだと分かり、告白されて付き合いはじめた翌日、私はいきなり、彼に「別れたい」と告げた。

「なんで?」

彼の目が赤くなる。

「もう飽きたから」

私は冷めた顔で言いつのる。

「嫌や……。別れたくない……」

人通りの多い駅前で、彼は涙をぼたぼたと落とした。安心した。私はちゃんと愛されている。

その後も、私の相手の愛情を試す行為は続いた。将来の話をしていた時、鍼灸院《しんきゅういん》をして二階に住もうと目をきらきらさせて語る彼に、「私は関係ないし。結婚するとか、そういう関係の人として」と言い放った。二人乗りする自転車がふらふら揺れた。

今なら分かる。私は「未来」が怖《こわ》いんだ。陽介とも未来を約束して怖くなった。

だって、気持ちなんて変わる。風俗をしてきて、それを痛いほど感じた。客はほとんどが妻帯者か恋人がいる。それでも平気で私を呼ぶ。みんな、パートナーを裏切る。どうやって、自分の目の前の愛だけが、そうじゃないと信じればいい?

気がつけば私は、手首にカッターナイフを当てていた。リストカットは、いじめを受けていた頃、したことがある。体を売るようになって、傷があっては客も怯《おび》えると思いやめていたけれど、切りたい気持ちがふつふつと湧き上がる。血を見たい。私の傷をこの目で確認することで、苦しみをなかったことにされずにすませたい。

私は、写真を破る代わりに、皮膚を破った。いち、に、さん、し。いち、に、さん、し。手首に整列した赤い筋。ああ、今、私は生きている。

だけど、目撃した陽介は抱きしめて泣いた。

「病院に行こう」

「手当てなんていいよ。どうせまた切るから」

「そういう病院ちゃう。心の病院に行こう。キーコ、どこかおかしい」

おかしい？　私はおかしいの？　病院に行ったら、こんなこと考えずにすむようになるの？

「陽介もきてくれる？」

「あたりまえやろ。婚約者やで」

また「未来」が私の首根っこを押さえる。ありがとう、という言葉は声にならなかった。

病院内は、最後の外来患者が部屋を去り、靴音が響くくらい静かだった。窓は閉まってカーテンがいち早く引かれている。部屋の中の空気はもったりと重くよどんでいた。観葉植物とヒーリング音楽だけが、陰鬱《いんうつ》とした温度をごまかすように、マイナスイオンを放出していた。

医師は一言何かを口にするたび、かけていた眼鏡を中指で上にあげた。いっそ眼鏡のサイズを直したほうが早いのではないだろうかと思うくらい、くいっ、くいっ。風呂場でも思わず目元を触っていそうなほど、堂にいっている。

私は、日々抱えている不安感のことを話した。医師が眼鏡をあげる、くいっ。うまく眠れないことも伝えた、くいっ。

医師は落ち着きのない人だった。喋《しゃべ》り方《かた》も早口で、すぐに私の説明をさえぎってくる。それでも精神科医という、私にはとうてい及ばない頭のいい人なんだろうから、と信じて、私は陽介への暴力ともとれる行いを告げた。その瞬間、医師は眼鏡が吹っ飛ぶくらい、がたんと席を立って、声を荒げた。

「そんなことは絶対しないでください！」

びくんと、二人の背筋が同時に伸びる。医師はさっきの倍速で眼鏡をくいくい動かすと、薬を出す旨《むね》、それをきちんと飲む旨、怒るように伝えた。もうどっちが患者か分からない。私たちは、危《あや》うきには近寄らずの精神で素直に言うことを受け止めた。

第一印象は最悪だったけれど、とりあえず、「しいて言えば、うつ病ですね」とやらの薬を手に入れた私たちは、少し安堵して家に戻った。稽古に行くから、と部屋を出て行った陽介を見送り、私は言われたとおり薬を飲んだ。精神が落ち込んだ時に、と渡された頓服《とんぷく》も一緒に呑み込む。そんな日々が二週間ほど続いた。

夕闇がまだ浅い水底《みなそこ》のような青みを残していた。濃い朱色の雲が、朱肉をにじませた棉《めん》をスケッチブックに叩《たた》きつけたような形で散らばっている。きれいだなあ。私は空を見上げた。次の瞬間だった。雲がはじけ飛び、人型のぬいぐるみになった。手をつなぎ、くるくると回っている。歌が聞こえる。おいでおいでをするように、私をその輪の中に誘ってくる。私は急に楽しくなった。手を広げる。部屋の中でステップを踏み、けらけらと笑った。笑いながら、眠っていた。

それ以来、落ち込みが襲ってくるたび薬を飲んだ。またたくまに気分は高揚《こうよう》し、世界は七色の光に満ちた。流れ星が次から次へと降ってくる。私はそれをひとつ残らず拾っていく。薬は最高だった。沈んでいた気持ちが楽になり、何でもできる気持ちになった。

「ひどく躁転《そうてん》してるかもしれません。薬の量を減らしましょう」

だけど私は、医師の言うことも聞かず、どんどん薬を飲んだ。朝起きたらラムネのように噛《か》み砕《くだ》き、朝食と一緒に、おやつのお供に、コーヒー片手に、流し込んだ。当然、薬は次の診察日までになくなってしまい、私と陽介は病院に向かった。深く考えていなかった。薬を飲んで調子がいいのなら、飲みたいだけ飲めばいいのだ、とたかをくくっていた。

ところが病院の前までくると、ガラス製の扉に「臨時休診」の張り紙があった。仕方ないよね、と何のためらいもなく受け止めた陽介の横で、私はガラスの扉に頭を叩きつけた。

「キーコ！⁉」

私は、ゴン、ゴン、と最も大きく響く音で、扉を打ち続ける。

「薬がないと……！　薬がないと……！」

すみません、すみません、と陽介が道行く人に頭を下げる。私は完全な薬の依存状態に陥っていた。

病院との付き合い方もしっかり分かっていなかった私たちは、薬を飲み過ぎるのも、突然やめるのもよくないことなのに、後者を選ぶと決めた。

すると、またこれまでと同じマイナス思考が脳裏《のうり》をかすめる。切りたい。壊したい。何もかもめちゃくちゃにしたい。

でもそれじゃ、繰り返しだ。

私は、腕を切る代わりに、彼の帰りが遅くて不安になるたび、自分で作ったポイントカードにスタンプを押すことにした。一日でポイント一個。十個たまったら、彼のパソコンを覗《のぞ》き見《み》すると決め、二十個たまったら、携帯電話を見ることにした。

忙しい陽介の十個は、すぐたまる。

私は、彼の白いデスクトップ型のパソコンの前に座る。パスワードはこのあいだ盗み見て分かっている。陽介のいない昼のリビングで、パソコンの電源を入れる。フォンと、やけに大きい起動音がして、モニターが青くなった。待機中を告げる砂時計が回っている。私はその間に、ドアにもチェーンをかけた。

パソコンが立ち上がった。血液型はB型のくせに几帳面に整列されたデスクトップは、芝居関係のフォルダが並んでいて、付け入《い》る隙《すき》のない清潔感がある。メールは既読がついてしまうから見られない。私はインターネットの検索サイトの閲覧履歴をくまなく追って行った。

何もなければ安心できる。たとえば、出会い系のマッチングサイトだとか、風俗店のサイトだとかあったら、私は多分、陽介を殺しかねない。

何もありませんように。

ない。

確認するごとに、私もその痕跡を消して行く。

ない。ない。ない。

——あった。

そうは見えないページに紛《まぎ》れ込《こ》んだアダルトサイト。別にそこから関係がつながるようなサイトではない。だけど、私の頭でぷつんと音がした。私とはできないのに？

私は、そのサイトにある画像を一枚一枚デスクトップに保存していった。デスクトップは、お尻やおっぱいで溢れかえる。その中に、次回台本のアイコン。「あなたを探して」というタイトルのそれを、卑猥《ひわい》な画像の中から探すことが難しい。

夜、帰宅した陽介は、デスクトップの巨乳を前に固まった。間髪入れず、私は彼を平手打ちする。さらに蹴る。殴る。首を絞める。カウントテンを超えても許されない、一方的プロレスだ。

殴りつけながら、私はわめく。

「もういやや」

陽介が消えそうな声で、叫ぶ。

「ごめん！」

「ごめんですんだら警察いらん」

警察が必要なのは、むしろ今の状況だ。

私の中で、陽介を信じられない気持ちが爆発する。傷つけたい気持ち、もういっそ捨てられたい気持ち。

散々《さんざん》ぶちのめした後、私はしゃがみこみ、泣いて、子どもが精いっぱいの強がりをするように眉間《みけん》にしわを寄せ、打ち明けた。

「私も言うわ。私、昔、風俗で勤めててん」

突然の告白に、陽介がぽかんとなる。彼は、咀嚼《そしゃく》するように考えると、そうか、と言った。

私はぐしゃぐしゃの顔を上げる。

「そうか、って嫌《いや》ちゃうのん？」

彼は、一拍おいて、頷《うなず》く。

「うん」

「頭おかしいん？　風俗やで」

「行ったことないから分からへん」

「何百人もの客のあれ、くわえてん」

「うん」

「あほなん？」

受け止め続ける陽介に、私はあきれる。彼は言った。

「過去やろ？」

「え？」

「全部、過去やん」

「……あほなん?」

陽介の手が、私の手の甲に重なる。

「キーコ、今を見て」

パソコンにはおっぱいが映っている。

「キーコが好きや」

でっかいお尻が並んでいる。

「あほやろ、陽介」

「ごめんな」

「今すぐ消せ」

「うん」

パソコンの前に座ると、陽介は卑猥《ひわい》な画像を一枚ずつ、ゴミ箱フォルダの中に入れて行った。最後にゴミ箱を空《から》にする。

いつからか雨が降っていた。窓を叩く雨音と、マウスをクリックするカチカチという音だけが、古びた1LDKの中を満たす。

「陽介……」

「キーコ」

「結婚……して」

「結婚しよう」

二人の言葉は同時だった。

窓が光った。がっ、と私は女子らしからぬ声で飛び上がる。

「大丈夫。遠いよ」

雷は五秒以上遅れて、今と未来をつないだ二人を包む壁を揺らした。

マンションの各部屋から漏《も》れる光は、無限の星々となって空に広がる。

白っぽいタイル張りのマンション。ちちさんの住まいは繁華街にほど近いところにあって、部屋は六階の西側、いちばん端だった。

「山口県には吉野家《よしのや》がないんだよね」

そんな僕の話を聞いたちちさんは、吉野家に連れて行ってくれた。そこで二人で牛丼――僕は特盛牛丼に玉子を入れて食べ、ちちさんは牛丼並盛を食べたあと、そのまま歩いてちちさんが住むマンションに向かった。

「入って。散らかっとうけど」

散らかっている、と本人が言うわりに部屋の中はきちんと片付いていた。

いわゆる1K。トイレ、バスとキッチンスペースの奥に八畳ほどの部屋がある。広くはないけれど、街の中心でもあるので、それなりの家賃はかかるだろう。

家具はほとんどない。押し入れが空きっ放しで、クローゼット代わりになっている。出勤用なのか、煌《きら》びやかな色のスーツやワンピースがかけてあった。

壁には、映画『風と共に去りぬ』の復刻版ポスターがあった。クラーク・ゲーブル扮《ふん》するレット・バトラーと、ヴィヴィアン・リー扮するスカーレット・オハラが抱き合うお馴染みのヴァージョンではなく、スカーレットが一人正面を向いているヴァージョンだ。

店名の「ビビアン」は、ヴィヴィアン・リーから取ったのかな？　とその時思ったのだけど、あとで聞くとそれは当たっていた。ちちさんは、この映画は観たことないけれど、このポスターを雑貨店で見つけ、ヴィヴィアン・リーの美しさに魅《み》せられて衝動的に買ったのだという。

少し驚いたのは、若い女性の部屋なのに、カラーボックスの上に小さな仏壇があったことだ。そこには小さな位牌《いはい》と、初老の男性の写真が飾られている。下のカラーボックスの棚には、ちちさんと、五歳ぐらいの男の子のツーショット写真が飾られていた。

そこをじっと見ていると、缶ビールふたつを持ってちちさんがやってきた。

「それ、お父ちゃん。旦那に刺されて死んだんよ」

ちちさんは、実に衝撃的なことをさらりと言ってのけると、缶ビールの一本を僕に手渡し、自分はグイっと最初の一口を呑んだ。

「あ、乾杯忘れとったね。カンパイ」

呆気《あっけ》に取られている僕の缶ビールに、自分の缶ビールをちょこんとくっつけたあと、ちちさんは一気にグビグビ呑んで、にっこり笑った。

「ああおいしい。仕事のあとのコレは最高やね」

ちちさんの笑顔に、僕はさっきまでの違和感を忘れて、素直に「可愛い」と思ってしまった。

「シャワー浴びるとね？　さっき帰りにしたけん、いらんかね。でも着替えんといかんね。

旦那のならあっけど、ちょっと小さいけんなあ……そう言えば、名前なんていうの？　まだ聞いとらんかったね」

「……トモユキ。本田智之……」

「トモユキ、いうの！　ウチの息子、友樹《ともき》、いうんよ。びっくり！　ユがないだけで偶然やね。トモユキだと息子呼んどるみたいやけん、トモって呼んだらええ？」

「……うん……」

記者稼業の悪い癖なのか、いくつかの情報をくっつけて、整理して、答えを見つけようとしてみる。

旦那がお父さんを刺した？　それでお父さんが死んだ？　ということは殺人？　ということは、旦那は服役中でいないってこと？　息子がいるっていうけど、あの写真が最近のものなら息子はどこかに預けてる？　だからここに二人ともいない？

けっして「しあわせ」ではない、というのはそういうこと——。

缶ビールを少し飲んだところで、断片的な情報を必死で組み合わせていると、ちちさんがボソリと言った。

「アメコ」

「……え？」

「うちの名前。アメコっちいうんよ。変な名前やろ。お父ちゃんが付けたっちゃ。雨がザーザー降ってた時に生まれたから、雨に子どもの子で『雨子』。安直《あんちょく》すぎて笑えん？　それで、子どもの頃はこの名前のせいで、ようからかわれて、いじめられたんよね……」

「いじめられた」という言葉に、また僕の心がぴくりとはねる。でも、ちち、いや、雨子さんは、それには触れず話を進めた。

「源氏名のちちって、おっぱい強調したかけん付けたけど、呼びにくいって評判悪いけん、源氏名変えたいけど、『九州のちち』いうたら、この世界じゃ有名人やけん。もう変えられんのよね。うちは本名も変やけん、名前には恵まれんっちゃ」

そう言って、雨子さんは自分のおっぱいを両手でむんずと摑《つか》んでおどけてみせる。

「アメちゃん、て呼んでいい？」

「ええよ……」

僕は缶ビールをテーブルに置いて、雨子さんに抱きついた。雨子さんは何も言わず、両手を僕の背中に回して、抱きしめてくれた。ふくよか同士、お互いに手はしっかりと背中に回ってはいないけれど、何とも言えない温かい気持ちに包まれた。

子どもの頃、抱きしめてくれて身体も心も温かくしてくれた母のぬくもりがよみがえる。何人もの風俗の女性に抱きしめてもらったが、こんな感じははじめてだった。

僕らはそのまま部屋の奥にあるベッドに移って、抱き合ったまま一夜を過ごした。


それからの僕は、まず山口に戻って正式に退職の手続きを済ませた。アパートも引き払い、この一年七か月の間に買ったテレビ、ビデオデッキを近所のリサイクルショップに売る。布団などの燃える物は市の焼却場で燃やして処分すると、すぐに小倉の雨子さんのマンションに舞い戻った。一時《いっとき》でも離れていたくなかった。

そこからは坂道を転がり落ちるようだった。僕はデリヘル「ビビアン」を手伝う、完全にヒモ状態になってしまった。

携帯電話も雨子さんに買ってもらい、僕は両親にだけは自分の番号を伝えた。それ以外には、かつての記者仲間や知人にも一切、連絡先は教えなかった。

雨子さんはもともと博多のソープランドに勤めていたという。持ち前の明るさに加え、器量と豊満な胸の魅力もあって、毎月ナンバーワンだった。風俗雑誌にも取り上げられて、なかなか予約が取れない状態だったという。

けれど出会いは突然訪れた。勤めて三年。雨子さんが人気絶頂の頃に、店長として赴任してきた男性と関係を結び、子どもを身ごもってしまったのだ。

仕事では避妊をするけれど、雨子さんは「好きな人とは避妊したくなかった」のだという。

そこで僕は、僕とする時、雨子さんは避妊具を付けるので、「じゃあ、僕のことは好きじゃないんだ」と密かにひねくれた。

どうして雨子さんは僕の面倒を見てくれるんだろう？　クビになった僕への同情？　直接、訊《き》いてみた。

「トモは優しいから。うちは、優しさに飢えてるんよ」

「じゃあ、他に僕より優しい男が現れたら、雨子さんはそっちになびくのだろうか……」

雨子さんの言葉に対して、僕はそう思い、また密かにひねくれた。

雨子さんが勤めていたソープランドの経営は、九州広域を束ねる暴力団が仕切っていた。雨子さんの夫になったトオルさんは、暴走族の総長をしており、スカウトされて組に入り、やがてそこでリーダーシップを発揮し、ソープランドの店長を任されるようになった。

けれど、トオルさんはいつも優しいのに、酒が入ると手がつけられないほど暴れて、雨子さんに暴力をふるった。痛かった。怖かった。それでも、トオルさんを好きな気持ちと、子どもの存在があったから別れることは考えられなかった。

とはいえ、店長でありながら、店の女の子、とくにナンバーワンに手を出し、妊娠させてしまったことを理由に、トオルさんは店長を辞めさせられてしまった。トオルさんは博多の組長さんの兄弟分がいる小倉の組に「転勤」。そこで、このマンションに家族三人で移り住んで、新たにデリヘルをすることになった。夫婦で開いたお店が「ビビアン」なのだという。

本来なら店長の妻が「女の子」として在籍《ざいせき》するのはどうかとも思うけれど、博多の伝説のソープ嬢が在籍している、というのは店としての「武器」になる。出産後も、雨子さんが出勤しないということは許されなかった。

小倉は、雨子さんが生まれ育った街だ。

雨子さんは、母親の顔を知らない。母親は、雨子さんが物心ついた頃、男を作って家を出て行った。父親は、ヤクザではないものの、キャバレーのボーイや道行く人を騙《だま》しては小銭を稼いでその日を暮らす、いわゆるチンピラのような人だった。その父親も、何か面白くないことがあると、酒を飲み、雨子さんに当たり散らし、雨子さんが幼い頃から暴力をふるっていたらしい。

そんな家庭が嫌で、雨子さんは中学を卒業するとすぐに小倉駅前に立ち、ストリートで身体を売る娼婦として生計を立てていた。何度か警察に捕まったあと、十八歳になると同い年の娼婦仲間と博多に行き、後にトオルさんが店長をすることになったソープランドに就職したのだという。

「事件」が起きたのは、小倉に引っ越して、息子の友樹君が幼稚園に入った頃だ。

雨子さんの父は、雨子さん夫婦が近所に引っ越してくると、頻繁《ひんぱん》に金の無心にくるようになった。その日も、夜遅く、父はマンションに押しかけた。「金を貸せ」「貸せん」の言い争い。

やがてトオルさんとつかみ合いの大げんかになった。

「おじいちゃん、パパ、やめて！」

「せからしか！」

泣きながら叫んだ友樹君を、雨子さんの父親は手で思いきり払いのけた。吹き飛ぶ。友樹君は、壁に強く頭をぶつけた。

「父ちゃん、やめんね！」

雨子さんが叫んで友樹君を抱きしめても、父親は激昂《げっこう》するばかり。友樹君と雨子さんに向かって突進し、さらに手をあげようとした。その瞬間だった。糸が切れたトオルさんは、台所にあった出刃包丁で後ろから雨子さんの父を刺した。

赤黒い血が、ボルシチをこぼしたように床に広がっていく。

「見ちゃだめ！　友樹！　お母ちゃんに抱きついとくっちゃ」

雨子さんは、友樹君を覆《おお》いかぶさるように抱きしめ、トオルさんはと言えば、どれだけ振りほどいても、手から包丁が離れなかった。

雨子さんの父は亡くなった。トオルさんは裁判で情状酌量が認められ、異例の執行猶予五年がついた懲役三年の判決が言い渡されたのだという。

トオルさんが収監《しゅうかん》されてからは、雨子さんは「ビビアン」で店長を兼務《けんむ》しながら、働いた。伝説の「ちち」嬢が小倉の「デリヘル」にいる、と評判になっているからか、店はそこそこ繁盛している。

人気があるためか、出勤時間も長く、日数も多いため、雨子さんは仕方なく友樹君を児童養護施設に預け、日曜日だけは仕事を入れず、親子で過ごしていた。

僕は、同棲をはじめて間もない頃、そんな雨子さんの話を聞きながら、またあの神戸で出会った少女のことを思った。


「家では、私、いらん子やって……。生まれてきたらあかん子やって……」


神戸で出会った少女、にゅうさんの言葉を思い出しながら、僕は雨子さんに訊《き》いた。

「アメちゃんは、自分のこと、いらん子って思ったことある?」

「そんなこと、思ったことはなかね。うちは、この世に生まれたからは、何らかの意味がある、と思うとる」

雨子さんは、そんなことをあっさりと言う。

か細いにゅうさんに比べると、雨子さんは心も身体《からだ》もたくましい。

「やけんど、トモは今も誰か他の女のこと考えとったやろ？　それはムカつく」

そして、鋭い。

僕は、トオルさんに猛烈な嫉妬心を持ち、雨子さんの素性やこれまでをあれこれと聞きながらも、なぜか、雨子さんには自分のことを話せなかった。

新聞記者をやっていたことと、会社をクビになったことは話したものの、幼い頃のいじめでトラウマを抱えていること、経営に失敗して兄が失踪《しっそう》したこと、それで多額の借金を背負って自己破産したこと、一連の出来事で実家が無くなり、母親が体調を崩したことなど、詳しいことは何一つ話せなかった。

不思議と僕のことは詳しく訊《き》こうとはしない雨子さんに、僕は甘えているのかもしれない。

にゅうさんは、自分の素性を素直に話してくれて、それに応えるように、僕もいじめのこと、子どもが怖くて自傷行為を繰り返していたことを打ち明けられた。雨子さんに対しては、何か、カッコつけるというか、素直に自分のすべてを開示できなかった。

雨子さんが僕に深く事情を訊かないのは、それこそ僕以上にいくつもの修羅場を経験してきたからこそ、人の気持ちに必要以上に立ち入らない。それが雨子さんの優しさなのだろう。

そんな雨子さんに、僕は執拗《しつよう》に訊いた。

「アメちゃんは、旦那さんを今も愛しているの？」

「旦那さんが出所したら、また一緒に暮らすの？」

「僕は、アメちゃんにとってどんな存在？」

僕はつくづく情けない男だ。

「旦那は今でも愛しとうよ。帰ってきたらまた一緒に暮らすと思う。トモのことは……嘘じゃなく、本当に好《す》いとう。一緒にいると安心する。今は、トモがいちばん。次が友樹、その次が旦那かな……上手に説明できんで、ごめんね」

「いちばん」と言いながら、愛ではなく、「好き」なのか……。

おそらくトオルさんが出所したら、僕はここを出なきゃいけなくなるだろう。懲役三年ということは、計算すると、来年の秋には出てくることになる。

僕は落胆しながらも、雨子さんとの暮らしが心地よく、ズルズルと日にちが経《た》って行った。働いているわけでもないので、雨子さんが出勤している間、僕は「ビビアン」の電話番をしていた。雨子さんが書いた「メモ」を元に、客からの電話に対して女の子の情報を伝える。女の子には、ホテルの名前や号室を指示する。

何かトラブルがあった場合は、女の子は直接、雨子さんの携帯に連絡していた。だけど雨子さんが接客中の時は、僕が指定された携帯の番号に電話をすることになっていた。その電話にいつも出てくるぶっきらぼうな男の声は、とても特徴的だった。おそらく、売上を上納《じょうのう》している組事務所の男なのだろう。

店の女の子と会うことは滅多《めった》になかったが、たまに雨子さんが深夜に勤務する時は、売上から店に上納するお金を届けにマンションまで訪ねてきて、僕がお金を受け取ることがあった。そんな時は思わず、「こんなきれいな人が……」と思ってしまったり、寝ている赤ちゃんを抱いたままくる人もいて、いろいろな心情が心を駆けめぐった。

僕自身は、風俗という仕事に対する偏見は無いつもりだ。だったけど――雨子さんが毎日、いろいろなお客さんを相手にすること――そのすべてに本番行為があることを考えると、やり場のないもやもやとしたものが心の中をひっかく。

さらに今のこの暮らしはかりそめであり、トオルさんの出所とともに消えて無くなるのだ、という意識も僕を悩ませていた。信じたい。でもいったい何を？　雨子さんを？　こんなにはかない関係の上に成り立っているのに？　それとも、自分を――？

そんな僕にとって、つらいことがもうひとつあった。それは、毎週日曜日の朝にやってくる、友樹君の存在だ。友樹君は五歳でとても可愛い。無邪気で人懐っこく、毎週会う僕を「トモ」

と呼んで慕《した》ってくれる。

かつて小さな子どもと接すると、いじめのトラウマから苦しい思いをしていた僕は、正直、子どもが怖《こわ》かった。でも友樹君にはそんな想いが湧き上がることはない。

――はずだった。

ところがある日、友樹君が壁に落書きをしていて、僕はそれをのほほんと見過ごしていた。すると雨子さんが帰宅してそれを見つけ、烈火《れっか》のごとく怒《いか》った。友樹君のお尻を剝《む》き出《だ》しにして、「おしおき」と称して平手でぶったのだ。

その光景を見た僕は、一気に過呼吸と吐き気がしてトイレに駆け込み、以前のように自分の右頬を右手こぶしで思い切り何度も何度も殴った。ずいぶん長い間、治まっていたはずのどす黒い感情が、自分の心にみるみるうちに湧き上がり、広がる。恐怖感で心がいっぱいになった。だけど、そんなことを雨子さんに話せるはずもない。友樹君への折檻《せっかん》も責められない。僕は、その夜、友樹君が寝静まってから、雨子さんの豊満な身体を貪《むさぼ》って、自分の気持ちを強制的に鎮《しず》めることしかできなかった。


ところが、ある時、決定的な出来事が起きた。

その日、雨子さんは夜の十時に上がりのはずが、深夜になっても帰ってこない。

心配だけど、事務所を通さない仕事がそのあとに入ったのかもしれないと、心を落ち着かせた。時計の針が日付を超える。携帯に電話するのも躊躇《ちゅうちょ》してジリジリと待っていると、ドアの外に人の気配がした。ほっとして玄関に向かうと、話し声が聞こえてきた。

「ちち、ここまで送ったんや。うちで続きするぞ」

「言うたやろ。今、男おるけん、ダメやけん」

「そんなん関係なか。ワシの凄《すご》さ、その男に見せつけてやるばい」

「ダメ……そんならここで……」

男の声には聞き覚えがあった。店の売上を収めている組事務所の男の声だ。雨子さんから見たら、「上司」に当たる人なのだろう。

玄関の前で、いわゆる「コト」に及んでいることがわかる。

僕と抱き合った時に雨子さんが発するのと同じ、いや、もっと甲高いような気がする「声」が、玄関越しにはっきり聞こえてくる。まるで、アダルトビデオの世界だ。

家に入らずにいるのはある意味、雨子さんの僕への配慮かもしれない。だけど、もう僕の頭の中は、嫉妬と怒りと、なぜか興奮もあって、グチャグチャになっている。

ベッドの中で布団を被《かぶ》っていると、しばらくして雨子さんが帰ってきた。男の気配はない。一人であることに少し安堵《あんど》しながらも、僕は飛び起きて、さっき見聞きした様子から雨子さんを責めた。

「アメちゃんがいろんな男と寝るのは、仕事だから許せる。いや、ホントは許せないけど……。だけど、さっきのは仕事じゃないよね。なんでそんなに簡単に体を開《ひら》けるん？　僕がいちばんじゃなかったの？　旦那さんだって今、刑務所でつらい思いをしてるのに、今日のアメちゃん見たら、しんどいと思うよ」

言ってしまった――。

最後の旦那さんのところは、絶対に言ってはいけない言葉だった。僕だって、旦那さんがいることを知りながら、雨子さんの事情を知りながら、ここにこうして衣食住を雨子さんに甘えているのに。

みるみるうちに雨子さんの目が赤くなる。続いて、僕の左頬が熱くなった。ぶたれた、と思った瞬間、雨子さんは鶏が絞められるような声で叫んだ。

「うちが体開くんは、金をもらおうがもらわんが、生きていくためたい！　あんたに言われる筋合いはなか！　さっきもそうたい。あん男と寝んと、店は続けられん。あんたと寝た時、金はもらわんでもええと思ったんは、気持ちが休まったからたい。だから家に呼んだと。いちばん言うたんは本当や。やけど、あんたも、うちを抱きながら、ときどき他の女のこと考えとるけん、立場は一緒や。旦那は酒飲むと暴れるけん、出所したら別れ話して、優しいあんたと友樹と三人で暮らしてもええかな、と思っとった。やけんど、もうそれも無しや。うちの生き方を否定するんやったら、あんたとは終わりたい。今すぐ、出て行って！　出て行かんのやったら、うちが出て行く！」

雨子さんはそう一気に激しくまくしたてながら、その両目からはみるみるうちに涙が溢れていく。

耳のそばで大砲を打たれたようだった。喉がふさがって何も言うことができない。足元がぐらつくのを覚える。心臓が激しく動悸《どうき》を打つ。天井が落ちてきたような思いだった。

気迫に押されながら、僕は雨子さんに買ってもらった携帯電話をポケットから出してキッチンにあるテーブルに置いた。もうだめなんだ。僕は酔っぱらってもいないのに、千鳥足でふらふらと玄関を飛び出した。

その日、小倉駅まで行って、ベンチで一夜を過ごした。

夜でも朝でもなく、夢の続きのような現実とも思えない夜明けの白っぽい薄明《はくめい》が広がっていた。くっきりとした光が、まるでテーブルクロスでも引き払うようにして闇を消し去る。

所持金もなく、ズボンのポケットの中に百円玉が一枚だけ入っていた。

忙しく歩く人たちの姿が見える。一日のはじまり。世界が目を覚まし、歯車が回転しはじめる時間に、僕はベンチで通勤や通学をする人たちをぼーっと見ている。

僕は何やってんだろう？

何がどうなってこうなったのだろう？

ちょっと前まで、新聞記者としてバリバリ働いていたはずなのに――。

風俗嬢のヒモになって、僕のことを大切に思ってくれた女性をバカにし、結局は信じきれなかった結末がコレだ。


「私……、この世界に居場所がなかってん」


神戸で出会った、にゅうさんの言葉が浮かんだ。

「この世界で、僕の居場所はどこにある？」

そう思うと、涙が溢れてきた。

雨子さんが言うように、何かあると、にゅうさんのことを思い出していたのは事実だ。だけどそれは、雨子さんへの気持ちとはまた違う。

それは、同じ痛みを抱えていながらも、僕よりはおそらくひと回り以上年下の少女に対する、何もしてあげられないもどかしさ。性的サービスを受けてしまった罪悪感。それでいて、あの印象的な目に強く惹《ひ》かれた初恋に似た感情……自分でもよくわからない、曖昧《あいまい》な思いだ。

だけど、雨子さんとは違う。曖昧じゃない。心だけでなく、体をしっかりと合わせたからこそ通じ合った、はっきりとした愛情が、流れて止まない思いが胸のうちにふつふつと湧いてくるのをいまさらながら感じていた。

「雨子さんは、体だけじゃなく、僕に心まで開いてくれたのに、僕は欲望を満たすだけで、自分の心は開かなかった……」

信じられなかった。雨子さんのことも、自分のことも。

でも、今、分かる――。

気がつけば、もう一日が過ぎようとしていた。小倉駅の周辺はすっかり暮れ、帰宅する人たちで騒がしくなっていた。

僕はいてもたってもいられなくなり、百円玉を握りしめて電話ボックスに入ると、電話をかけた。もちろん、ビビアン――雨子さんの自宅の番号だ。携帯番号はさすがに覚えていない。

「とにかく謝《あやま》ろう……。そして会って、僕自身のこれまでと、雨子さんを心から愛していることを伝えよう」

カチッ。通話のはじまる音がする。

「はい、ビビアンです」

電話の声は、聞いたことも無い男性の声で、僕は思わず電話を切った。

これで所持金はゼロになってしまった。

「は……は……」

思わず空を仰《あお》いだ。乾《かわ》いた笑いが口からこぼれた。その中に、涙が流れ込む。

この十数時間の間に、雨子さんはもう僕に代わる、心が休まる男性と出会ったのだろうか。それとも、僕以前にそういう男がいて、僕が出て行ったあと、そんな男に連絡して、家に呼んだのだろうか……。

「もう、どうでもいいや……」

深夜になって、雨が降ってきた。

僕は小倉駅から歩いて二十分のところにある公園の滑り台の下で、地べたにあぐらを組みながら、じっと雨が降る様子を見つめていた。雨子さんにフラれて、雨が降っている……。そんな様子が、われながらおかしくて、思わず笑いがこぼれてしまう。周りから見たら、完全に変な人だろう。

ヴィヴィアン・リーは、舞台での演技を名優ローレンス・オリヴィエに見初められ、恋に落ちたが、その当時の彼女は結婚していて、オリヴィエもまた既婚者であり、こじれにこじれた結果、二人は五年の交際期間を経て結婚した。その間に『風と共に去りぬ』のヒロインに抜擢されるという大成功があったものの、オリヴィエは夫でありながら、俳優としてのその伎倆《ぎりょう》はヴィヴィアンが一生を賭けて追いかけても追いつけない存在であり、女優として生きようと思えば思うほど、偉大な夫の存在が大きな壁となって、心の病いを抱えた。

それから、躁鬱状態《そううつじょうたい》を何度も繰り返しながら、何とか女優として活躍し、二度目のアカデミー賞を受賞するが、結局オリヴィエとは離婚し、別の俳優と三度目の結婚をする。だが、元夫への未練を断ち切れず、最後は酒に溺《おぼ》れ、五十三歳の若さでこの世を去る。死因は、結核によって吐いた血が固まったことによる窒息死《ちっそくし》だった。

「そんなこと、雨子さんは知らないよな……」

世界的名声を得ながらも、決して「しあわせ」ではなかったであろう、ヴィヴィアン・リーの生涯と、雨子さんに対するどうしようもできない感情と、これまでのさまざまな出来事を思い返しながら、僕は雨子さんにぶたれた左頬を右手でさすった。

まる一日経とうとしているから、痛いわけはないのだけれど、不思議と痛い気がしてくる。

「親父にもぶたれたことないのに……」

ふとガンダムの名セリフを口にしながら、僕は生きる気力を完全に失っていた——。

キーコ⑤

ノストラダムスの予言は外《はず》れた。だけど、今、まさに恐怖の大王が私の揺られる夜行バスに降りてきた。

目が覚めると同時に、何か変だなと思った。お尻のあたりに違和感がある。いや、違和感なんて生易《なまやさ》しいものじゃない。明らかに私の股間《こかん》から粘性の物が漏れている。

通路側で毛布を掛け、寝息をたてる陽介を起こさないようにまたいで、私はバスに備え付けられているトイレに走った。揺られて肩を壁にぶつけながら、おそるおそるショーツをおろす。

生理がきたのならしかたない。だけど次の瞬間、眩暈《めまい》がした。

うんちがショーツを汚している、それも液状の。私は慌ててワンピースのスカートをたくしあげると、においたつショーツをスカートに付かないように、こわごわ脱いだ。

陽介が小さな、だけど全国四か所へのツアーをする舞台のちょい役に抜擢《ばってき》されたのは、去年の秋のことだった。

東京、名古屋、大阪、そして、最後に福岡。その福岡の本番に向かうことになって、完全に陽介に依存していた私は自分もついて行くと言い出した。ギャラの中に陽介の分の新幹線代は含まれる。だから、新幹線に乗らずに、二人で夜行バスを使えば交通費が浮くと、前のりを決めた。

異変に気づいたのは、バスの到着を待っている都心の駅でのことだった。なんだか頭が重い。頬が火照《ほて》って寒気がする。陽介に話し、ドラッグストアで解熱鎮痛剤を買った。飲むと眠くなり、今一つ記憶が定かでないままバスに乗り、そのまま眠ってしまった。

お腹の風邪だったのかもしれない――。気づいたところで、もう遅い。私は汚物入れに汚れたショーツを捨て、すうすうするノーパンでシートに戻った。窓際に座り、カーテンを少し開けると、けぶったような青白い夜明けの光がバスの中に入ってくる。薄明《はくめい》が東の空に星々のまどろみを消し去っていく。新しい朝がきた。希望は乏《とぼ》しい。

救われたのは、陽介がやっぱりどんかんだったことだ。明らかに私からは異臭がするのに気にも留めず、ホテルにチェックインするまでの予定なんかを尋ねてくる。おそらく私が体調を崩していたことも、頭から抜け落ちているのだろう。

福岡は私にとって特別な場所だった。転勤族だった父親の仕事の都合で、小六から中二まで過ごした街。人生の中ではじめて自分の居場所を嚙みしめることのできた土地だった。

親友がいて、ほのかに恋心を寄せる人がいて、学校は楽しく、まじめであることを美徳だと信じていた。

中二の夏に突然、転校が決まり、私ははじめて親に異を唱えた。自分だけでも残りたい。親友の家からちゃんと学校に通うから。ぐれたり、不純異性交遊したり、するような子にならないから。

願いは聞き入れられず、結局、私は大阪に行くことになった。挙げ句の果てが風俗だ。

私は、陽介と一緒に、かつての親友とよく遊んだ海辺を歩いた。風で水面《みなも》にくだけた朝日がちかちかと震えている。

「そういや、新婚旅行もできてなかったもんな」

陽介が、私の手を握った。

「一年経ったけど、これ、新婚旅行にしようか」

一年。私と陽介の間に性交渉はまったくなくなっていた。

何かの本で二か月そういうことがないと、セックスレスというらしい。ということは、私は二十一歳でもうセックスレスなのか。「新婚さんいらっしゃい」にでも出たら、桂三枝《かつらさんし》もひっくり返るだろう。

どれくらい海辺を歩いただろうか、また頭痛が襲ってきた。

「陽介、ちょっと、しんどい。どこかで休みたい」

「えっ、大丈夫？　じゃあ、まだ早いけどホテルに行ってみる？　なんとかしてもらえるかもしれへん」

どんかんに加え、お人よしな陽介は信じて、二人で劇場近くのすでに予約してあるホテルに向かった。主催者がおさえてくれているそこを、一日早く私たちも予約しておいた。シングルルームひとつ。こっそり入れば、二人でもきっと気づかれない。

ロビーに入ると、最近できたばかりだというそこは、アミューズメント要素の強い風変わりな装いだった。ど真ん中に、太古の生命体のオブジェがある。私の苦手な物。虫、杏仁豆腐《あんにんどうふ》、そして、これ、恐竜だ。

陽介がフロントとかけあっている間、私はロビーでなるべくそれが目に入らないよう顔をそむけて、ソファに上半身を横たわらせていた。陽介が暗い表情で戻ってくる。まあ、だめだったのだろうと想像はついたから、落ち込みもしなかった。

「まだ清掃終わってないから入られへんって。どうする？　ここで休んでる？」

「あかん。ヤツがいる。寝たら最後、夢に出てきそうや」

「じゃあ、どこか場所移る？」

「うん」

「離れるとしんどいよな。向かいにマクドがあったけど、そこにする？」

「うん」

私は、つわりの時もマクドナルドのポテトだけは食べられたという、何かの記事を思い出していた。それなら風邪でも大丈夫だろう。

都会のマクドナルドは隣の席との距離が近い。人も多く、脂《あぶら》ぎったにおいが充満している。

私はテーブルに頭をあてて、気持ち悪さに耐えていた。ちらちらとこっちをうかがう客たちの視線を感じる。私の態度のせいなのか、それともまだにおうのか。

「陽介、何か話して」

「何かって?」

「気分がまぎれるような話」

「ええー、そう言われると難しいな。いつもは爆笑トーク炸裂《さくれつ》させられるねんけどな」

「あ、今のちょっとおもしろい」

「ネタちゃうわ。まじや」

隣り合わせに座り、手をつなぐ。

「しんどかったら、膝に倒れかかっていいからな」

陽介は優しい。優しいけれど——。

二時になって、ようやくホテルの部屋にチェックインできた。寝転がるのもそこそこに、私は「シャワーを浴びる」と告げる。なんで？　と不思議そうにする陽介に、うんちを漏らしたとは言えず、いいから、と押しきり、服ごとバスルームに立てこもった。

熱いお湯がかじかんだ体をほどいていく。備え付けのボディソープを手に取って泡立て、体に滑らせる。小さな膨《ふく》らみの胸。人よりも細いウエスト。そして――。多分、まだ売り物にだってなるような体なのに、使われないまま、そこにある。やけになってこすっていたら、ようやくにおいが取れた。

最後に、服もシャンプーで洗った。着替えは持ってきているけど、これはこれで乾かしてまた着るつもりだ。

お風呂から出る頃にはくたくたになって、私はバスタオルを体に巻きつけたまま、シングルベッドに倒れ込んだ。

「キーコ、風邪ひくから」

「もうひいてる」

「なんかガウンとかあるやろ。それ着て」

「わかった……。着替えさせて……」

体調不良で、私の息が荒くなる。バスタオルを取って、素っ裸の私に陽介が腕を回し、備え付けのパジャマを着せる。陽介の顔色は変わらない。まるで幼い子どもにそうするように、ピチピチの裸の女を前に、もくもくと世話を焼く。

選ばれなかった、今日も。そう思う。

「陽介……」

ベッドに横たわり、シーツを口元までかぶって私が訊《き》く。

「私のこと、好き?」

「あたりまえやん」

「どこが好き?」

「どこって……全部?」

「具体的に言って」

「ええ、難しいな。キーコがキーコであるところ」

「そんなん、はぐらかしてるやん。もっと、一個、一個、ことこまかに言って」

「からみ酒か」

分かっている。陽介は私を大切にしてくれている。愛してもくれているんだろう。だけど、私はたったひとつの「性交渉がない」というだけで、どん底ほど不安になっている。だって、私がこれまで認められてきたのはそれくらいだ。なくしたら、価値がなくなったのと変わらない。

「私……いらん子？」

「ええっ、何言ってんのん。そんなわけないやん」

「みんな、そう言うもん」

熱のせいか、私の弱音《よわね》は止まらない。

「生まれた時から、私は望まれてなかってん。生まれたらあかん子やってん。私がいたから、お父さんは怒って、お母さんは泣いて、私がいたから、家はめちゃくちゃになってん。私なんか生まれへんかったらよかった」

陽介が、そっと私を抱きしめる。優しく優しく髪を撫でた。そして言った。

「じゃあ、俺が、もう一回、キーコを産むから」

「え？」

「キーコは、今から新しく人生をやり直したらいいよ」

「どういうこと？」

「ほら、キーコ、生まれておいでー。みんな、キーコが好きやよー。キーコと一緒に生きたいよー」

「……陽介も？」

「あたりまえやん」

「ほんま？」

「うん、いくで」

「うん？」

「キュピー！　はい、生まれた。新生キーコや」

本当は、大きな声で私の痛みのことを聞いてほしいのに、ため息だとか、ひとりごとだとか、舌うちの中に隠してしまう。

陽介は優しい。でも、できない。


舞台がはじまって三日が経った頃、私の体調も戻ってきた。陽介がいない間、街にでも繰り出せばいいのだけど、気分がのらない。

ひとりでいることが本当に苦しい。陽介がいない寂しさなんていう言葉では言い表せない。目が覚めた瞬間の絶望。まだ何もはじめていないのに、頭に浮かぶ「死にたい」の四文字。顔くらい洗わなければと思うのに、できなくて、できない自分がよけい情けなくて、吐き気がする。

私は、今確かに生きている。だけど、息をするのも不確かで、口から出る言葉も曖昧で、生きているだけで生きられていない。ただの生きぞこないだ。

昼過ぎまで、ただベッドに沈んでいると、さすがにお腹が減った。コンビニで博多ラーメンのインスタントを買ってきて、部屋の湯沸かし器のお湯で食べた。

店で食べればもっといいのだろうけど、私にとってそれは存外《ぞんがい》おいしかった。こってりとしていてクリーミーなとんこつスープ。歯ごたえのある細めの麺。添えられたチャーシューはペラペラだったけど、具《ぐ》なんてなくても十分いけた。よかった。まだ私は生きられる。

ふと思い出す。福岡に転勤できていた時、わが家は博多ラーメンを一度も食べたことがなかった。父親も母親も嫌いだったということが理由だろうけど、それ以上に、二人とも、新しい土地になじむのが苦手だったと今なら分かる。

転校を繰り返すと、人にもよるのだろうけど、私はどんどん社交的になった。その土地にいかになじむか、方言はそっせんして使ったし、その学校の暗黙《あんもく》のルールにも従った。

だから大阪に行った時も、博多弁をバカにされて間もなく、すぐに大阪弁を取得した。入った中学がヤンキー中学だったから、周りに合わせて髪の色も金色にした。煙草を吸うほどの勇気はなかったけれど、それこそ深夜のマクドナルドで行き場をなくした友人たちとナンパされるのを待った。何が悪かったのか、一度も声をかけてもらえたことはなかったけれど。

ところが、へたに勉強だけはできた私は、高校で進学校に入ってしまった。本当は地元の友だちと一緒にヤンキー校に行きたかった。理由は、親がマイホームを購入し、また引っ越しをせざるをえなくなったからだ。

浮く金髪。教師と生徒の白い目。また、いつものように、その学校に合わせて髪なんて黒く染めればよかった。だけど、私は心底疲れきっていた。

ハブるならハブればいい。そうスカしていたら、本当にハブられた。それまで周囲となんやかんやうまくやってきていたから、はじめて体験したいじめは私には持ちきれなかった。

最初に自殺を試みたのは十五歳の時だ。心身ともに抑圧《よくあつ》される毎日に耐え切れず、苦しんでいたら、神様から救いの手がさしのべられた。水晶だ。父親が読んでいた漫画雑誌の裏表紙に掲載された広告には、紫と金色のデザインで大々的に奇跡的な力を謳《うた》っていた。

「驚異のピラミッドパワー」。

記事には、あからさまにブ男《おとこ》な人が、「モテてモテて大変」だと笑い、一千万円を抱えたさえない女性が、「宝くじが当たった」と鼻息を荒くしていた。

これだ、と思った。これだけのラッキーが起こるなら、私のいじめもなくなるかもしれない。誰かに愛してもらえるかもしれない。

お金はなかったから、父親の財布から一万円札を三枚抜き取った。新札を決まった枚数財布に入れていた父親には、その行いがすぐにばれた。和室に呼び出され、しらをきる私の頬を父親はぶった。

自分勝手な憤りが芽生《めば》える。

「しあわせになりたいだけなのに、どうしてじゃまをするの——？」

気がつけば、私は深夜の公園の大きな池の前にいた。

死んでやる。

死んで、いじめてきたやつらにも、私を否定し続けてきた親にも、後悔させてやる。

池は油を刷《は》いたように鈍《にぶ》く光り、黒い板に似ていた。ただ陰鬱《いんうつ》に広がり、灰色の雲の下、木々の影だけが揺れている。

囲む木製の柵に足をかけた。飛び込もう。これで地獄のような現実とおさらばできる。

いけ。

いけ——。

そのときだった。突然、背後で気配がした。

「お嬢ちゃん」

しゃがれた声がする。慌《あわ》てて振り向くと、ホームレスなのか、初老の男性がすぐそばまできていた。

「お嬢ちゃん、危《あぶ》ないで」

「あ……」

「どうしたんや?」

「その……」

「大丈夫か?」

「大丈夫です!」

私は必死で走り出した。今まで死のうとしていたくせに、見ず知らずの人に殺されるかもしれないと思うと、怖《こわ》くてしかたなかった。


ビジネスホテルの壁は薄く、隣の声が時折《ときおり》聞こえてきた。カップルなのだろう。何があったのか、終始ケンカをしている。女性のほうはお酒を飲んでいるのか、呂律《ろれつ》がまわっていない。

「女をなめんなよ! 死ぬけんね! あんたのせいで死ぬけんね!」

窓ははめ込み式で開かないけれど、今にも飛び降りそうな勢いだ。私はネオンにまみれた博多の夜景をぼんやり眺めた。福岡にきて、もう一週間が過ぎていた。

すると、陽介からのメールの着信音が鳴った。ついに千秋楽が終わったらしい。

〈何か食べた? 俺は牛丼食べ過ぎて死ぬ……〉

陽介の役は牛丼屋の客で、公演の度にそれをかっこまなければならなかったらしい。

男とケンカして死ぬ女、牛丼食べ過ぎて死ぬ男、この世の人間は死に急ぎすぎだ。

陽介のメールは続く。

〈俺は今から打ち上げなんやけど、キーコもくる？　嫁がきてるって言ったら、みんなきてもええって言ってくれてるで〉

一瞬、悩んだ。でも、舞台は私の人生の中でも大事だった時間だ。その打ち上げに参加させてもらえるなら、少し心が浮き立つ。陽介の役者としての今後のことも分かるかもしれない。私は、おとなしく内助《ないじょ》の功《こう》をアピールしよう。それに、離れているのも限界だった。

告げられたレストランバーに着くと、みんなすでにできあがっていた。お酒を飲めない陽介は、脚本家の男性につかまって身動きとれずにいる。

しかたなく、挨拶だけして端の席に座った。とりあえずビールを注文し、すきっ腹に流し込む。しゃっくりが二回出た。テーブルには冷めた料理が並んでいる。何か食べたいなと思ったけれど、内助の功が台無しだ。ここは静かにビールだけ飲んでいよう。

――と思ったはずなのに、気がつくと私の前には七本の瓶が並んでいた。いつの間にこんなに飲んだのか記憶がない。さらに言うと、周りの女性陣の目も冷《ひ》ややかだ。

目の前に座っている、キツネのような顔をした三十代くらいの女性が言った。

「だから、なんであんたみたいなのが、陽介くんの奥さんなのか訊《き》いてんの」

明らかにキレている。私が何かしてしまったのか、分からない。分からないなら、とりあえずその場を取《と》り繕《つくろ》わなければならないはずなのに、考えるそばから、私も売られたケンカを本能のように買ってしまった。寂《さび》しさが悪い。

「焼きもちですか？　私が選ばれたんやから、しゃーないじゃないですか」

女から、かちんという音がする。

「演劇もしてないくせに」

「え？　演劇って、そんな大事ですか？　あなたはなんで役者をしてるんですか？」

「そりゃ仕事だから」

「仕事？　夢とかじゃなくて？　そんなしかたなくやってて、芝居に失礼ちゃいますか？」

図星《ずぼし》だったのか、気《き》に障《さわ》ったのか、女性はふんと鼻で笑った。

「あなたも役者目指してたらしいね。負け惜しみ？」

今度は、私の頭が鳴る、かちん。

「私は、陽介と生きることを選んだんですー」

「陽介くん、これから伸びるから、いつか私とベッドシーンとかもあるかもね。役者やるってそういうことだから。その時、後悔しないでね」

あ、と思った。次の瞬間、目の前の女性は顔に泡のついた液体がかかっていた。周りの空気が凍る。

「ふざけんな！　この女！」

女性がテーブルを回って詰め寄ってくる。どうやら私がビールをひっかけたらしい。謝《あやま》ればいいのに、私もとっさに隣の席の人の焼酎まで奪い取って、女性にぶちまけた。

「何してくれんだよ！　バカ女！」

女性が怒鳴る。さっきまで、ホテルの隣室のケンカを聞いていたのに、その何時間か後に自分がケンカしてるなんて。私まで、「なめんなよ！」と、その時のセリフを思い出して口走る。女性が髪の毛を引っ張ってくる。陽介のために伸ばした長い髪。陽介のために施した化粧。陽介のためにアピールしようと思っていたはずの内助の功——は台無し。

もう嫌だ。自信が欲しい。陽介に愛されているという自信が。

なんで何もかもこうなんだ。守りたいと思うものを、自分で壊してしまう。闘いたいわけじゃない。助けてといつも叫んでいる。叫んでいるのに、引きずり回してる。前しか見えない目玉が欲しい。口笛しか吹けないくちびるが欲しい。

さすがにまずいと思ったのか、女性は周りの面々《めんめん》に取り押さえられた。振り返ると、陽介はまだら模様の顔でトイレへと向かっている。おそらく飲めないお酒を飲まされたのだろう。散々《さんざん》だ。もう疲れた。

その瞬間だった。ベロベロに酔っぱらった脚本家が、大声で叫んだ。

「時代はフリーセックスだー！」

頭が冷たくなった。

そのセックスができないんだよ！

私の殺気《さつき》は脚本家に向かう。五歩、四歩、あと一歩で摑《つか》みかかるというところまできて、ふいに、私の目の端に見覚えのある眼鏡をかけた、ふくよかな男性の姿が映った。

一瞬、フリーズする。

男性は、汚れた皿を不器用に重ねてカウンターまで運んでいる。どすどすと体が重そうだ。かつてラブホテルで備え付けのティッシュケースを壊した彼と重なる。

酔いは一気にさめた。私は脚本家に訊いた。

「あれ……誰ですか？」

「え？」

「あの太った人」

脚本家は、もうコマのようにぐるぐる回っている。

「ああ、舞台のスタッフじゃないかあ？　俺はそこまで詳しく知らん！」

フリーセックスだー！　と繰り返しぐるぐる回る脚本家を置いて、私はその男性のもとに走った。行く手をふさぐ。男性はカバのように口を開けて、金魚のようにぱくぱく呼吸をした。

「え！　にゅうさ……、いや、えっと……」

やっぱりそうだ。あの時の、えっと、トモくん。

智之はどうしていいか分からないといったふうに、今にもなだれを起こしそうな皿を抱えている。なぜだろう。私の目から涙がこぼれた。この人の前で泣くのは二度目だ。

「ごめんなさい……」

戸惑《とまど》う智之の前で、涙をぬぐう。

「いえ、その、大丈夫ですか？」

変わらない。あの時と同じ、穏やかで、私と同じように自信のなさそうな表情。

私は、くふふ、とはにかむと、誰にも聞こえないほど小さな声で智之に訊《き》いた。

「……エッチ、できましたか？」

寒い。

あまりの寒さに目を覚ます。薄い敷布団の上で、薄い掛布団にくるまれながら、僕はガタガタと震えていた。

今は何時《なんどき》だろう？　と思うけれど、時間を知らせる「機械」はここにはない。灯《あか》りを点《つ》けようにも、そもそも電気も通っていない。

働いているのに、両親も健在なのに、どうしてこうなってしまったのか。確かな理由はあるけれど、その理由を恨んではいない。

結果として、今の境遇を選んだのは僕自身だ。僕自身の選択で、こうなったのだから、文句なんて言いようがない。

肉体の痛みや寒さなんて、宇宙や未来に発想を飛ばし、空想を張りめぐらせれば、我慢できる……。僕はそうやって、幼い頃からしんどさを振り払ってきた。——はずなのに、今日だけは、その寒さが、心の芯《しん》まで届く気がして、眠れなかった。

意識ははっきりとしたまま、暗闇の中、目を閉じて、ただただ横たわっている。

このまま物理的な寒さが続いて、空想する心が負けている状態が続くと、心の奥底に氷の塊が降り積もっていって、僕の心自体が凍っていくのではないか——。

その恐怖感に怯《おび》えているうち、僕は心だけでなく、いつの間にか、肉体までも氷の塊になっていた。驚いて起き上がり、右手を壁に打ち付けると、面白いように腕から先が粉々に砕け散った。氷なのだから、当然、血は出ないし、痛みも感じない。

突然の悲劇に悲しくなるが、氷の塊になっている僕は涙も出ない。

茫然《ぼうぜん》と立ち尽くしていると、やがて明るくなり、窓から刺す光によって、僕の体はどんどん溶《と》けはじめた。

体が無くなる……でも、その光は温かくて心地よい。

このまま溶けて死んでも、それはそれで悪くないか……。

そう思った瞬間、それは、陽の光に照らされて目覚めた僕の「夢」であることを知った。

雨の日、雨子さんにフラれた僕は、一文無しのまま、しばらく小倉の中心街に近い広い公園内でホームレス生活を送った。

自己破産を申請してから免責が降りるまでの約二年間、ホームレス同然の生活を送った経験はあったので、過酷な生活に対してそんなに抵抗はなかった。というより、生きる気力と希望を失っていた僕にとって、見栄《みえ》やプライドなんていう感覚は完全に消《き》え失《う》せていた。

その公園には、僕の他に二人のホームレスの先輩がいた。そのうちの一人、見かけは七十歳ぐらいだけど、話していると、言葉もしっかりしていて案外若いのではないかという人が、僕になぜか優しくしてくれた。

彼は、「ホームレスとしての生き方」を教えてくれた。近所にあるゴミ捨て場を一緒に回って、「家」の材料になりそうな物を探す。放ったらかしにされていた鉄パイプや物干し竿を拾い、組み合わせて柱を作る。彼からもらった使い古しのビニールシートを貼って、一人がやっと入れるほどのテントを仕上げた。

僕がかつて住んでいた自動車工場のトタン倉庫に比べればやや劣るが、雨子さんに追い出されたのは三月だから、朝晩は冷え込むものの、灼熱《しゃくねつ》と極寒《ごっかん》のトタン倉庫で過ごしていた時を思うと、とても快適だ。

「……たった三か月だったたんだ……」

ふと、雨子さんと暮らしていた日々を思った。

雨子さんとの生活は満ち足りていた。雨子さんは豪快に食べ、笑い、泣いた。一緒にビデオで映画を観《み》ていて、僕が解説をすると、「ふーん、そーなんだね」と言って聞いてくれた。おかしな場面では腹を抱えて笑い、悲しい場面では一気にティッシュボックスのティッシュがほとんど無くなるぐらいによく泣いた。

そして夜になると、たとえ仕事が忙しかった日であっても、雨子さんは僕を求めてきた。

僕は、つい最近まで性的に機能しなかったことが嘘のように、雨子さんとは性行為が上手《うま》く運んでいた。

一度、雨子さんに、「僕、ついこの間まで全然勃《た》たなかったんだよね」と言ったら、雨子さんは「嘘つけ！　あんたはこれまでのうちの男の中でも、最上級のセックスマシーンだよ」と返されてしまった。

振り返りながら、ホームレス的な生活から、わずか一年で本当のホームレスになってしまった現実に打ちのめされ、今度は両親のことを思った。

「母ちゃん、大丈夫かな……」

雨子さんとの暮らしが心地よかったのは、少年時代の家族の記憶と結びついたからかもしれない。頑固な大工職人の父は、言葉数は少なく、あえて給料を低く押さえてもらうなど偏屈《へんくつ》な人ではあったが、だからといって躾《しつけ》に厳しい訳《わけ》でもなく、僕にはとても優しかった。

母は少しふくよかな人で、旅館の仲居さんとして夜はお客さんの勧めでお酒を飲むことも多く、明るく社交的な人だった。そう、母は少し、雨子さんに似ていた。

そんな二人は、僕に対してはいい意味で放任主義だった。うるさく「勉強しろ」と言われたこともないし、映画やマンガ、アニメに興味を持ってその関連本を買うのに、お小遣いもそのつどくれた。

僕は子どもの頃から不器用で、はさみやカッターナイフを上手に使えなかったし、運動も極端に苦手だった。いわゆる「どんくさい」極《きわ》みで、走れば遅いし、泳ぎも二十五メールなんてとても無理だったし、キャッチボールをすればボールはグローブに入らないし、サッカーをすれば相手が出したパスを蹴ろうとしても空振りするわで、そのうち意識的に運動することを避けていった。

そうすると、小学校の三年生ぐらいから僕の体形はぽっちゃりとしはじめた。

その頃からテレビの洋画劇場で映画の面白さに目覚め、もともと好きだったアニメや特撮《とくさつ》にもさらにガッツリはまっていった。オタク体質で社交的でもなかったため、友達もだんだん少なくなり、休み時間は図書館にこもることが多くなった。

今度はそこで推理小説やSF小説の面白さにはまり、そのうち自分でも書きたくなって、ノートに下手な小説やマンガを書き始めた。

いじめが始まったのは、その頃からだ。

最初は体育の授業中にズボンを隠される、机の中に画びょうを入れられるなど、誰がやっているのかわからなかった。黙って無視していると、「そいつら」は目の前に現れ、具体的に「殴る」「蹴る」の暴力がはじまった。

やがて「デブノビタ」と呼ばれるようになった。日にちが経つと、その呼び名も「デブタ」「デブノビ」など、人によって呼びかたが変化し、クラス内に浸透《しんとう》すると、僕のことを本名で呼ぶ人はクラス内に誰もいなくなった。

そうこうしているうちに、僕が「そいつら」に何をされようと、その風景はクラスの一部となり、誰も気にしたり、そのことで「そいつら」にも僕にも、何か言う人はいなくなった。僕はただただ殴られたり蹴られたりしながら、楽しそうに芸能人のことや昨日《きのう》見たテレビのことを無邪気に話す同級生たちの姿をボーっと見ていた。

先生はと言えば、完全に「そいつら」の味方で、何を言おうと「君も悪いよね」「自分から仲良くしようとしないからじゃない?」などと言って、何もしてくれなかった。

いじめはどんどんエスカレートしていった。何を言ってもダメだ。そう諦めた僕は、もうなされるがままに毎日、殴られ蹴られた。

ある日、僕は気づいた。「体の痛みを感じなければいい」のだと。

それから、ひたすらその最中は物語を空想し、好きな映画やアニメ、特撮のシーンを思い浮かべた。空想や想像のヴァリエーションはいくらでもあるから、体が痛くても、その世界に心を逃げ込ませれば、いくらでも耐えられた。

いじめられていることを、父と母に言えなかったのは、両親の愛情を十分に感じていたからだろう。いじめられていることがばれて、親を悲しませたくなかった。

夜、僕は、父、母、僕の三人の川の字で寝ていた。眠る時、母にぎゅうっと抱きついた。母は何も言わず、強く抱きしめ返してくれた。そこで何とか眠ることができた。

僕が雨子さんに求めた感覚は、これに近かったのかもしれない。

雨子さんがくれる愛情に甘え、僕は会社をクビになった不安定な気持ちを、雨子さんに抱きしめてもらうことで解消していたのだろう。

小学校五年生になって、クラス替えがあった。少しは変化を期待した、淡い僕の思いは、「そいつら」とまた同じクラスになったことで打《う》ち砕《くだ》かれた。

相変わらずの日々が続いていたある日、「そいつら」のリーダー格が言った。

「デブタは、どんなに殴っても蹴っても反応しないからロボットじゃないか？　実験して確かめようぜ」

あっという間に、僕は羽交《はが》い絞《じ》めにされた。下《した》っ端《ぱ》のタケシ君がカッターナイフを渡される。

「タケシ、あいつの腕を切るんだ。血が出れば人間。出なければロボット」

そう言うと、下卑《げび》た笑いを子どもながらに振りまいた。

僕はいつものように物語を空想することで逃げようとした。だけど、カッターナイフが当たった瞬間、引き裂かれるような痛みが走り、空想から一気に現実に戻った。僕はロボットじゃなかった。

「ぎゃあああああああ」

僕は叫び声をあげた。血がポタポタと床に垂れはじめた。周りの女子からは悲鳴が聞こえ、教室が騒然となった。

それで、いじめは白日《はくじつ》のものとなった。

僕が病院にまで行くケガを負ったことで、親同士の話し合いや保護者会が開かれた。その時、父と母は烈火《れっか》のごとく怒り、それまでの学校の対応を非難し、「そいつら」の親たちにも毅然《きぜん》と接してくれた。嬉しかった。ところが、いじめがさほど問題視されていなかった時代、その事件自体はそれで終わってしまった。

ただ、父と母が味方になってくれ、何かあると学校にものを言ってくれるようになったことと、さらに優しくしてくれるようになったことが嬉しかった。

それなのに——。

今、僕は三か月以上連絡を取っていない。母がどうしているか、頭の隅に追いやっていたことが迫ってくる。だけど、ホームレスになっているなんて父と母が知ったら、必ず心配するだろう。嘘をつける性格でもないから、うまくごまかす自信もない。

僕はホームレスの先輩から、市内のごみ捨て場や廃品回収所を回り、空き缶などの金属や捨てられている週刊誌やマンガ本などをリサイクル業者などに売ってお金に替える方法を教えてもらい、それで何とか日々の飢《う》えを凌《しの》いだ。

そんな、ゴールデンウィークが近づいたある日の夜、大きなビニール袋を片手に、飯のタネとなる「ごみ」を集めるため、僕が繁華街をうろついていると、前方から腕を組んで、楽しそうに歩いてくるカップルの女性と目が合った。男性はスーツ姿のサラリーマン風——女性のほうは薄手の桜色のワンピース姿——そう、間違いなく、雨子さんだった。

「……トモ?」

雨子さんは、男性に向かって「ちょっとあっち行っとって」と声をかけると、僕に向かってきた。

「新聞記者までやった人が、ホームレスとは情けなかね」

「……」

僕は何も言えない。

「追い出した、うちの責任やね」

「……あの男、誰?」

この場で、こんな情けないことしか言えない僕が、また情けない。

「あれはお客さんっちゃ。やけんど、家に帰ったら、別の男はおるよ」

「……そうなんだ……」

雨子さんは、カバンから一万円札の束を出して、僕の手を握り、摑《つか》ませた。久しぶりに触れる雨子さんの手が温かい。お金は……二十万円はあるだろうか。

「これ、手切れ金みたいなもん。受け取って」

「なんで……こんなこと……」

「トモ、実は探しとったと。お父さんから携帯に何回も電話あっとうとよ。お母さん、入院したんと。それ伝えたくて……まだ小倉の街におるんか思うて、他の店の女の子にも頼んだりしとった」

「母ちゃんが？」

「やけん、早うホームレス辞《や》めて、このお金で山口に帰らんね。これでやり直したらよか」

「でも、これって、今日の売り上げだよね？　大丈夫なの？」

「そんなん、心配せんでよかっちゃ。……本当はうちにきて、って言いたいところやけど、さっき言うたように、もう男がおるけん、勘弁して。正直、トモを好きな気持ちはまだあるけど、別れる時にあんたが言うた言葉は、どうしても許せんけん」

この偶然の再会で、僕はまた雨子さんとやり直せるのではないか、淡い期待を一瞬持ったが、その想いはここで砕《くだ》け散《ち》った。

「あんたは頭がよかけん、また頑張れるっちゃ。風俗嬢のヒモもホームレスも、あんたらしくなか。そんじゃあ、元気でね」

雨子さんは急に真剣な顔になってそう言うと、最後は笑顔でそのまま立ち去った。歩きながらさっきの男に、「ごめんねー」と話しかけている。

「あれ、誰？　ホームレスに知り合いがおるんね？」

「そんなん、言うたらだめよ。あの人、昔お世話なった人なんよ……」

そんな会話が風に乗って聞こえてくる。


「もうここに帰ったらあかんよ」

ホームレスの先輩に餞《せん》別《べつ》代《が》わりに缶ビールと三万円を渡すと、彼はまじめなまなざしでそう言った。

いつの間にか街灯やネオンが灯《とも》って、街は夜の顔を覗《のぞ》かせている。潮騒《しおさい》のような遠いカエルの声が、またたく星を頼りなくゆすぶっていた。

彼の言葉を背中に、僕はそのまま駅に向かったが、ふと気になって駅前の銀行のＡＴＭで自分の口座の残金を確認してみた。十五万円が振り込まれていた。振り込んできた先は新聞社で、日付は二月二十八日。退職金だった。

辞める時、経理部に挨拶に行ったが、退職金は結構あとになるから、と言われことを思い出した。あの時は、狡猾《こうかつ》にクビに持っていかれて逆上していたから、すぐに振り込みが無かったこともあって、すっかり忘れていたのだ。

退職金と雨子さんの餞別《せんべつ》を合わせて、三十二万円もの大金が手元にある。

何か月も風呂にも入らず、かなり臭《くさ》いにおいを放っていて、周囲にはかなり迷惑だったことだろう。それでも、このお金で再出発するのだと、僕は新幹線の自由席の通路に立ったまま、小倉方面に向かって手を合わせた。


病院は、まるで大きな墓みたいだ。

入院している母はやせ細り、あのふくよかで、いつもユーモアにあふれ、僕を抱きしめてくれた姿はそこにはなかった。記憶がかなり混濁《こんだく》していて、僕のことはわかるけど、どうやら小学生ぐらいだと思っているらしい。そして兄の名前を呼び、「どこにおるかね?」と繰り返し訊《き》かれた。

長く看病生活をしていた父も、かなりやつれていた。連絡がつかなかったことを責める父には、すべてを正直に話して謝った。すると今度は父が、「そこまでお前を追い込んですまん」

と謝ってきた。愛は、まだここにあった。

入院のお金は本人の年金で何とかなる、と父親から聞かされた僕は、小倉に戻った。

会社をクビになった土地の徳山には帰りたくなかった。山口市の実家に住んで父と暮らし、母親の見舞いをする生活も考えたけれど、父から「お前はお前の道を行け。ここから這《は》い上《あ》がってほしい」と言われ、別の土地で再出発することを決めた。

小倉で暮らしていれば、雨子さんにまた会えるかも……という期待があったのも事実だ。でもそれ以上に、ホームレス生活というどん底まで落ちた街で、どこまで這い上がれるか、チャレンジしてみたかった。

小倉南区に、風呂なし、トイレ付き月額三万円のアパートを見つけた。そこに住みながら、求人雑誌で発見したレンタルビデオ店「シネマパラダイス」でほぼ毎日働き、週に二日ほど、二十四時間営業のファミレスで深夜勤務の配膳や接客などのアルバイトをした。

レンタルビデオ店でのバイトは、大好きな映画のパッケージたちに囲まれて楽しかった。店内にあるモニターでは、自由にビデオをかけてよかったため、毎日、お気に入りの作品を流しては、お客さんがいない時に見入っていた。好きな映画を観《み》てお金がもらえるなんて、映画オタクにとっては、まるで天国だ。

そんな時、ふとお世話になった、編集局長だった恩人の言葉が浮かんだ。

「本田、大変だろうが、お前は『書ける』から大丈夫だ。しっかりやれよ」

そうだ、僕の得意は「書くこと」なんだ。この仕事でそれを活《い》かせないか？　そう思っているうち、手が動いた。並んでいるビデオのパッケージに、その作品の見どころをポップとして書き、それをテープで貼り付けていったのだ。思いのほか好評だった。新作以外の旧作レンタル数が伸びはじめ、店長も喜んでくれた。

「本田君、少し時給、あげるからさ、もっとポップ、書いてくんないかな？　研究するのに、作品を持って帰って見ていいけん」

そう言われて、僕は弁当屋さんのバイトを辞め、レンタルビデオ店に絞《しぼ》って働きはじめた。

そんなある日、思いもかけないことが起きた。福岡市にある放送局から、ラジオ番組の映画紹介コーナーの原稿を書いてみないか、という依頼があったのだ。

きっかけは、お客さんの中にたまたま、その番組の関係者の人がいて、僕がポップに書いた映画の紹介文を気に入ってくれたらしい。小倉から福岡市までは、新幹線で一駅。それなりに離れてはいるが、好きなことができる。引き受けない手はない。

それから毎週、交通費をもらって福岡市まで行き、紹介の対象となる映画の試写をせっせと観《み》ては原稿を書いた。コーナーの評判もよく、ラジオだけでなく、テレビの情報番組の映画紹介コーナー、その原稿も書かせてもらうようになった。いつの間にか僕は、映画専門の放送作家のような立場になっていた。

ギャラは、週二本の番組で短い紹介文を書くぐらいだから、正直、これだけでは食べてはいけない。けれど放送局での仕事は楽しく、「何か別にアルバイトをすればいいや」と思い、僕は「シネマパラダイス」を辞め、福岡市内にアパートを見つけて引っ越した。

ラジオとテレビで週に一本ずつ、番組の映画コーナーの原稿を書きつつ、ここでも福岡市内のレンタルビデオ店でアルバイトをし、何とか家賃と生活費を稼いでいた。

気がつくと、世の中はノストラダムスの大予言の年になっていた。

「東宝製作の映画『ノストラダムスの大予言』は好きな映画だけど、ビデオになってないんよなー。核戦争で被爆したニューギニアの原住民が人食い人種になったり、被曝の下で生まれた新人類の頭が大きかったり……そりゃあ、抗議もくるわな」

このように、僕はいつも映画のことばかり考えて過ごしていたので、ノストラダムスの大予言に危機感はなかったが、生活への危機感はあった。

放送局の仕事は楽しかったものの、その後の方向性や未来が見えない。少し焦《あせ》ってもいた。僕ももう三十四歳。楽しくはあっても、番組改編がある時はいつクビになるかわからない不安定な仕事と、夜な夜なレンタルビデオ店のアルバイトで何とか暮らせている中途半端な生活には不安も大きい。

そんな時、ラジオ番組のディレクターからあることを言われて驚いた。彼は僕と同い年で、映画の趣味も合うし、何より僕以上の特撮・アニメ好きで、打ち合わせの時は周囲が聞いてもまったくついてこれないディープな「オタク話」で、二人して盛り上がっていた。

「本田さんは、これだけ書けるんだから、映画や演劇の脚本とか興味ないんすか？」

僕はいささか驚きながら、その昔、ひたすら同級生たちに殴られ蹴られながら、肉体の痛みを忘れるために、ひたすらオリジナルの「物語」を空想し、考えていたことを思い出した。

ディレクターは、彼の知り合いで劇団を主宰《しゅさい》し、作・演出をしている人を紹介してくれた。

そこから僕は、その人の元で、何となくその劇団の見習い脚本家みたいなことをするようになった。同時に劇団の雑用も手伝うようになっていた。

僕がはじめて書いた舞台用脚本『カエル王国のゲロゲロ革命記念日』の初稿はボロクソに言われたものの、何度も書き直していくうちに何となく形になり、劇団の次期公演の演目に決まった。

劇団員は二十人ほどで、全員がサラリーマンや公務員、ＯＬなどからなる、社会人のアマチュア劇団だった。小さい劇団ではあったが、固定ファンもいて、その作・演出の彼は福岡の演劇ファンからはそこそこ知られた人だった。

そんなある日、彼からこんな話があった。「俺の知り合いがやってる関西のプロ劇団が今度福岡公演やんだけど、誰か手伝える人、出してくれないかって。本田君、行ってくれんかね?」

「いいですけど、何やるんですか?」

「雑用だよ。搬入《はんにゅう》とか、バラシの手伝いとか、舞台中《ぶたいじゅう》のあれこれとか。モギリもこっちでやってほしいようだし。ある程度演劇のこと、わかってる人がいいみたいで。バイト料も出るから、頼むよ」

「いいですよ。勉強になるし」

この時、彼にまったく博多弁が出ないことにはじめて気づき、そのことを言うと「俺は東京もんったい――」という怪しい博多弁で返され、大爆笑した。訊《き》くと、紹介してくれたラジオディレクターも、もともとは関東出身であり、同じ大学の演劇部で一緒だったのだという。

そんな楽しい気持ちは、だけど、その夜のレンタルビデオ店でのアルバイト中、やや暗いものへと変わった。入荷したばかりの新作VHSビデオにバーコードシールを貼る作業をしていたら、あるアダルトビデオのパッケージと、キャッチコピーを見て、目がテンになった。

「福岡伝説の風俗嬢、ついにAVデビュー! 千人切りの極上テクニック! 小倉ちち 二十五歳」

間違いない、雨子さんだ。

何がどうしてこうなったのだろうか。パッケージ写真は少し加工してあるが、顔も肉体もそのままだ。一発でわかった。

しかし、小倉にいたから、人気があった源氏名《げんじな》だから、というのはわかるが、「小倉ちち」の芸名は安直過ぎないか。その上に、二十五歳とはよくもサバを読んだものだ、
少し笑いがこみ上げてきた。それに千人切りって……。そこに書いてある人数も、あくまでビデオを売るためのキャッチコピーということはわかっているが、僕には少しショッキングな数字だ。

「まじかよ……」

これで雨子さんは、完全に遠い存在となった。おそらくもう小倉には住んでいないだろうから、福岡県に住んでいても、小倉の街をさまよっても、偶然会うこともないだろう。

「なあんだよ……」


関西の劇団の手伝いは翌週からはじまった。もともと書くことは得意でも、段取りをこなすことはあまり得意じゃなかったから、公演中、結構やらかしてしまった。

舞台装置の転換のタイミングが他の人とずれて少し時間がかかってしまったり、開演前のモギリも要領が悪く、面と向かって文句は言われなかったが、おそらくひんしゅくを買ったのだろう。そのうち僕は公演三日目から配置転換され、舞台に出される牛丼を作る係になってしま

った。

その演劇の第一幕の舞台は牛丼屋で、本物の牛丼が出てくるのだけど、それは楽屋そばの給湯室で、毎日、僕が作っていた。最初は演出助手の人が作っていたのだが、日々材料を買い出しする必要もあり、地元スタッフのほうがいいよね、ということになって僕にお鉢が回ってきたのだ。

ようやく千秋楽を迎え、打ち上げでもいろいろと手伝ってほしいと言われた僕は、打ち上げ会場のホテル内にあるレストランバーに向かった。

打ち上げ会場では、料金を安く済ませるためなのか、ホールスタッフはいなかった。

もともと不器用ではあったけど、ファミレスのアルバイトで配膳や接客も経験していたので、お皿を重ねて片付けることぐらいはホイホイできる。と言いながらも、ドカドカと大きな体で会場内を動いていたら――

出会ったのだ。それは、本当に思わぬ再会だった。

あの印象的な目。僕と似たような「つらさ」を抱えながら生きていることで、少しだけど感情をシンクロさせた、神戸で出会った「少女」。

「……エッチ、できましたか?」

笑う場面のはずなのに、彼女の目には昔と同じ、涙が浮かんでいた。

エッチができたか――。

言ってしまって、はたとなる。初対面ではないとはいえ、久々に会ってこの質問はないだろうと理解するほどには、私の酔いはすっかりさめていた。智之はまだ、ぱくぱくと口を開けたり閉じたりしている。話したい欲求が強まる。智之なら私の気持ちを分かってくれるかもしれない。

そう思った時だった。まだら模様の陽介が、いまさらやってきた。

「キーコ、誰?」

二人の関係を心配しているふうではない。陽介はそんなに繊細《せんさい》ではない。ただ何も考えず、とにかく顔をつっこんできた。私も素直に答える。

「風俗時代のお客さん」

独特の感性を持つ陽介は、そこで焼きもちを妬《や》くこともなく、ていねいに頭を下げた。

「それは、それは、キーコがお世話になりまし……うっ」

次の瞬間、陽介が智之の持っていたお皿の一番上、サラダボウルに嘔吐《おうと》した。今、お世話になっているのはおまえだ……。

「陽介、大丈夫？　部屋に行こう。急性アルコール中毒とかになっちゃうよ」

智之が気《き》を利《き》かせる。

「お部屋どこですか？　僕が運びます」

「ありがとうございます。でも大丈夫。私と同じ部屋、夫やねん」

智之が固まった。私は自分の首から下げていたバッグの中身をがさがさあさると、中からコンビニのレシートを取り出した。自分の携帯のメールアドレスを書く。

「連絡ください。お願い。話したいことがあるねん。ずっと待ってるから」

「えっ、僕？」

「絶対に、約束して」

そう言うと、私はレシートを智之に押し当て、陽介の腕を肩に回す。エレベーターまで行った時、背後で「本田！」と呼ぶ声が聞こえた。

翌日の福岡での最終オフ。陽介は完全な二日酔いだった。行きは私の風邪、帰りは陽介の二日酔い。いいことはなかった。いや違う、智之と会えた。

なぜ、こんなに智之のことを特別に思えるのか分からない。風俗嬢を呼んでおいて、やらなかった人だから？　そんな人は少なからずいた。お酒を飲んで使い物にならなかった人もいたし、紳士ぶって連絡先を聞こうとした人もいた。でも、智之はそうじゃない。そうじゃないというよりも――。私と同じ、痛みを抱えた人だった。

知らないだけで、同じような人はこの世界中にいるのかもしれない。時々流れるいじめによる自死のニュース。観《み》るたびに胸が痛くなる。あんな行いをされて、どうして自分を愛せるの？　信じられるの？　どこに価値を見いだせるの？　生まれてもよかったと思えるの？

私が悶々《もんもん》、考えているうちに、陽介には、あのキツネ顔の女が言っていたとおり、みるみるうちにスポットが当たった。関西のローカル局の深夜ＣＭが決まり、そこでも王子様ぶりを発揮した。

不安な気持ちが片付かない。重い黒ずんだ感覚が胸の奥でずっとよどんでいる。性懲《しょうこ》りもなく腕を切りたい気持ちが訪れた時、ふいに携帯電話のメール受信音が鳴った。

知らないアドレス。だけど最初の tomoyuki の文字で差出人が分かった。メールは向こう側の戸惑った顔を映し出すように、ぽつぽつと綴られていた。

〈智之です。驚きました。お元気ですか？　僕は新聞記者を辞めて、今は何者でもありません（笑い）〉

（笑い）というのは、きっと（笑）と打ちたかったのだろう。「い」を消さずに送ってしまった恥ずかしさを、今頃嘆いているかもしれない。私は早速、返信した。

〈メールありがとう。私も何者でもありません（笑）。でも元気です〉

メールを受け取るたび、私はその内容を削除した。別にやましいことをしているわけじゃない。陽介にも一度、紹介はしている。それに陽介は人のメールを見るような人じゃない。

でも、この時、私は予感していた。私は、きっと、タブーをおかす。

智之は再会するまでのことを、事細かにメールに綴《つづ》ってくれた。打ちミスが多く、「雨子」と書いていたのに、急に「梅子」が登場したり、混乱したけれど、その内容はまるでドラマの脚本のようで、智之は本当に才能があるのだなと感じた。うらやましかった。陽介も活躍している。智之もこれから脚光を浴びるだろう。

私も、そっち側に行きたかった。こんな病んだ自分を抱えるだけじゃない、光かがやく未来。どこで間違えてしまったのだろう。風俗で勤めたこと？　家を出たこと？　引っ越し？　あの家に——この世に生まれてしまったこと？

現実からの逃避だ。分かっている。それでも、もう楽になりたかった。

私は、長い長い智之のメールを読んだ後、たった一文、こう返信した。

〈トモくん。私と、エッチしてください〉

春になっていた。都心へ向かう電車の中では、新入社員らしき女性が上司に付き添われてつり革に揺れている。こんなにがらがらなのに、仕事中は座席に座ってはいけないという決まりでもあるのだろうか。じっと見ていると、新入社員と目があった。違う。あなたを見ているわけじゃない。その上司の鼻から伸びている規格外に長い鼻毛。それを注意してあげなくてもいいのか。これから得意先に行くのではないか。いや、それすら営業のネタになるのだろうか。見ていることが気まずくなって、私は車窓に視線を移した。建物や木々がびゅんびゅんと後方に投げ捨てられていく。電車が駅で停《と》まると、線路に沿った家々の中が見えた。マンションの二階部分。くたびれた女性がレトルトらしきカレーを食べている。観《み》るでもなく観ているのは、お昼の情報バラエティだろう。

ふと想像する。この家でこんなふうに生活していたのは自分だったかもしれないと。風俗を辞めず、そのまま何十年も変わらぬ毎日を送っていたら、こんな「保証人なしＯＫ」とでかでか書かれたマンションで、私はその日暮らしをしていたのではないか。

あの女性はしあわせだろうか。ベランダで紫色の透けたキャミソールが、わざと誘っているように揺れていた。

わざわざ大阪まできてくれた智之は、まだ春だというのに半袖《はんそで》の開襟《かいきん》シャツを着ていた。水色のストライプが一足先に季節を運んできたようだ。

朝、陽介は変わらず、アルバイトに出かけた。私も何も変わらず、送り出した。夜は劇団の稽古だから、何も心配することはない。

どんな顔をしていいか分からず、私は智之に微笑《ほほえ》んだ。智之もほっとしたふうに笑みを返してくれる。

「ホテル街、あっちだから。ついてきてもらっていいですか?」

私が言うと、智之は、なぜか私の五メートル後ろを距離を取ってついてきた。まるでストーカーだ。職務質問にあってもおかしくない。

ラブホテルに着くと、二人とも居心地悪そうな顔で、真ん中くらいの価格の部屋のボタンを押した。カードキーが出てくる。エレベーターの密室で、私たちは「元気だった?」「うん、元気」などと、してもしなくてもいい会話を何度もした。

部屋に入る。すぐさま智之は、備え付けの紙スリッパを袋から取り出し、私のほうへ揃えておいてきた。

「どうぞ」

「あ、ありがとう」

「待っててください。お湯、ためてきます」

そう言うと、智之はバスルームに走った、どすどす。

あの時も、こんなふうにしてくれてたのか。私の心がほぐれる。戻ってきた彼は、私の前で真剣な、だけど少し泣きそうな顔で訊《き》いた。

「僕でいいんですか？」

私は答える。

「うん。メールでも話したけど、私のつらいの、分かってくれるん、トモくんだけやと思うから」

智之は首がちぎれるほど、縦に振った。そして言った。

「じゃ、先にシャワーで流してきますね」

「湯船、つからないの？」

「落ちてたら嫌でしょう？」

「何が？」

「その、陰毛とか」

思わず笑ってしまった。どこまで気《き》を遣《つか》うのだ。

智之がシャワーを浴びている間に、私は携帯電話の電源を切った。携帯電話から居場所が特定できると聞いたことがあったからだ。ばれたくない。陽介をなくしたくない。

なのに、どうして私は、今、こんなことをしている？

智之と入れ違いに、私はお風呂につかった。髪の毛をシャワーキャップでまとめているから、ゆったりとはいかなかったけれど、少しずつ心が落ち着いてきた。

そうだ、役者にしてもらおう。唐突に思う。智之がいつか映画を撮《と》ったら、私をキャストとして使ってもらおう。そしたら、私も何者かになれるかもしれない。

バスローブを羽織《はお》ってベッドのある部屋に行くと、照明はぎりぎりまで落とされ、なかなか智之の姿が確認できなかった。慣れないホテルの照明を、ああでもない、こうでもない、と操作している姿を想像すると微笑《ほほえ》ましい。

私は、ベッドに座る智之の横に腰かけた。智之が言いづらそうに訊く。

「誰とでも……するの?」

私は、智之の手の上に手を重ねる。

「ううん。トモくんだけだよ」

カチッ。智之のスイッチが入った音がした。智之は優しく、だけど力強く、私を抱きしめてきた。筋肉質な陽介とは違う、柔らかな肌触り。

キスをする。かつて守備に徹していた男が、今日はオフェンスだ。ゴール目指して速攻のドリブル。シュートと見せかけてのパス。ガードする人間のいないコートでは、あっと言う間にゴールにたどり着き、思わぬ、早いホイッスルが鳴った。

「ごめん……」

備え付けのティッシュケースからそうっとティッシュを取り出しながら、智之が呟《つぶや》く。

「なんで？」

「早くて……」

「嬉しいよ」

「でも」

「ほんまに嬉しい。求められたこと、ほんまに……」

鼻水が出た。智之は、私の涙を隠すように抱きしめた。

抱き合った後、二人でベッドに寝転《ねころ》がって映画を観《み》た。話題だったけど、まだ観たことのなかった『タイタニック』。純愛だと聞いていたけれど、会ってすぐにやってるじゃないか、と心で突っ込みを入れる。

絶対に沈まないと言われていた豪華客船タイタニック号は、最後、沈む。逃げ出そうとパニックに陥《おちい》る人たちの中で、覚悟を決め、最期の時を船の中で迎える人もいる。

観終わったあと、私は言った。

「私、あのシーンのセリフ好きやった。逃げられないと分かったお母さんが、子どもを寝かしつけるシーン。本を読んで、『そうして、みんな、しあわせに暮らしましたとさ』ってところ」

「うん」

「しあわせって言葉が好き。私も……」

話していたら、強烈な眠気が襲ってきた。うとうとと夢の中に誘われていく。すると、智之は言った。

「ホテルで、軽い気持ちで寝ちゃだめだよ」

「なんで？」

「なんでって……、いや、いいのか……」

そういう智之は、どこかせつなそうだった。


「おかえりー！」

いつになく上機嫌で迎えた私を、陽介は意外そうに抱きしめた。

「何かいいことあった？」

「別に。ただ、陽介が帰ってきて嬉しいだけ」

「なんや、土産は特にないで」

「いらんよ」

くだらない会話すら愛《いと》おしい。なんだ、セックスだったんだ。私は、得心《とくしん》する。私はただ欲求不満だっただけで、それさえ解消されれば、こんなふうに落ちついた気持ちになれるんだ。

智之からは、その後、〈ちゃんと帰れた？〉とメールがあった。私は〈大丈夫。また連絡するね〉と打ち返す。それ以上、しつこく誘ってくることはなかった。

私は決意する。陽介が無理なら他ですればいい。とはいえ、智之は離れている。毎回呼びつけるわけにもいかないなら、出会い系だってある。

「どうしたん？」

二人で紅茶を飲みながら、陽介が尋ねる。私はその腕にしがみつく。

「ううん。しあわせやなって思って」

「俺も、しあわせ」

「ありがとう、陽介」

「ありがとう、キーコ。……いてくれて」

その言葉が、ふいに胸に刺さる。他ですればいいと思いながら、その機会はなるべく遅らせようと思った。

その翌日のことだった。またすぐ、「死にたい感覚」が押し寄せてきた。そんな時は、もう景色に色はない。かつて美しいと思った蛇口《じゃぐち》から滴《したた》る水の音も、ただの雑音として気分を重くする。

今日も何もできない。しなければならないことはいっぱいあるのに、いや、しなきゃいけないで動いちゃいけないことも分かってるのに。焦る。

したいことが欲しい。陽介のように、智之のように。そうすれば、私も生きていていいと思えるのだろうか。したいこと――。セックスだけが私のそれだなんて、痛すぎる。

結局何にもならなかった智之との逢瀬《おうせ》から、一か月が過ぎた。私は窮地《きゅうち》に立たされていた。

生理がこない。

そうかな？　と思うたびにトイレに駆け込み、肩を落として部屋に戻った。もともと生理不順だった私は、二か月くらい生理がこなかったこともある。まだ決まったわけじゃないと、何度も自分に言い聞かせる。

でも、今回は思い当たるふしがある。避妊はしたけれど、百パーセントはないと何かで読んだ。

私はすぐさまドラッグストアに妊娠検査薬を買いに行った。かつてユンケルを箱買いしていた店。妊活《にんかつ》がうまくいったと思われるかもしれない皮肉。

一回分と二回分があって、私は二回分を買った。すぐに併設されているスーパーのトイレで使ってみる。地獄のような二分間を待つ。妊娠反応は出なかった。

それからまた一週間、生理がこないまま時が過ぎた。私は、今度は家で検査薬を使った。妊娠反応は出ない。

それでも不安は押し寄せる。もし妊娠していたらどうしよう。産むことはできない。陽介にばれないように堕胎《だたい》するしかないのか。お腹に宿った命を殺す。だけど、私は智之との未来を、見ることはできない。

恐怖心に背中を押されて、またドラッグストアに行った。二回分の検査薬を買って家に戻る。トイレに入ると、ショーツに黒ずんだ血がついていた。

膝から崩れ落ちる。

よかった、と口からこぼれていた。

ごめんなさい、ごめんなさい、ごめんなさい。繰り返す。

そして気づいた。

そうか、セックスって、赤ちゃんができてもいいくらい好きな人とするものなんだ。私は、自分の自信や価値観の確認のためじゃない。陽介を好きだから、陽介とエッチがしたいんだ――。

夕日の当たる斜面では、金色《きんいろ》の木漏《こも》れ日《び》が差している。水っぽい春の月が、もううっすらと出ていた。稽古のない水曜日。アルバイトから戻った陽介を、私はドアを開けるなり抱きしめて言った。

「陽介……、お願いがあるねん」

「どうしたん、急に？」

「一回だけ。一回だけでいいから、私とエッチしてほしい。もう二度と、そんなこと言わへんから」

口にすると泣けてきた。喉が熱い。次から次へと涙がこぼれ、あごを濡らした。陽介が私の背中に腕を回す。硬い胸板。

「なんでそんなこと言うん？」

こばまれるのかと、私の体が強張《こわば》る。だけど、陽介は優しく私の頭を撫でた。

「一回じゃなくて、何回でもしよう」

「え？」

「これから、何十回でも、何百回でもしよう」

「陽介……嫌《いや》ちゃうかったん？」

「俺が嫌がられてるかと思ってた」

私は陽介の胸に顔をうずめて、首を横に振った。キスをする。陽介の股間に変化はない。だけど大丈夫。私はウミウシには慣れてるから。

翌日、私は智之にメールを送った。久しぶりのメールだった。

〈トモくんへ。脚本家になってください。そして、セックスに悩む物語を、世界に届けてください〉――。

だください。〈トモくんへ。脚本家になってください。そして、セックスに悩む物語を、世界に届けてください〉——。

キーコさんから送られてきたメールを見ながら、僕は深夜三時の誰もいないレンタルビデオ店のモニターで、『タイタニック』を観《み》ていた。

タイタニックが氷山にぶつかって、いよいよこれから悲劇がはじまる——と同時に、ハリウッドにおいて、大きなスケール感と、とことん主人公を追い詰めるスリルとサスペンス溢れる演出ではナンバーワンと評されるジェイムズ・キャメロン監督お得意の見せ場がこれからはじまる——のだが、僕は、映画の中身がどんどん緊迫《きんぱく》していくのに反するように、にゅうさん改めキーコさんと過ごした、今から二か月前のあの「夜」のことを思い出していた。

〈トモくん。私と、エッチしてください〉

このメールを読みながら、思わずニタニタする自分がいる。そして、そんな自分のスケベ心を打ち消し、「俺はなんて浅ましい、ずいぶんと恥ずかしいヤツなんだ」と即座に、強制的に思ってみる。

キーコさんは結婚していた。年齢は僕の十三歳下というから、二十一歳ということになる。今時の感覚で言えば、二十一歳で既婚というのは早いほうだろう。キーコさんの夫――陽介さんとか言った、あの二枚目の俳優さんは、僕が作った牛丼を食べていた人だ。彼は、毎日、必死で牛丼を一気食いする演技をしていた。

演劇の裏方をしていると、その日の役者の調子が手に取るように分かる。体調、気分、のってるか、のってないか。多かれ少なかれ、誰にでも波はある、人間なのだから。だけど陽介さんは、間違いなく、日々を全力で役と向き合っていた。

おそらく「人」としても優しいのだろう。じゃないと、僕を「風俗時代のお客さん」とキーコさんに紹介されながら、あんなに丁寧に挨拶しようとはしない。「いじめ」によって消せない心の「痛み」を抱えているキーコさんを支え、救えるのは「彼」しかいないだろう、と思う。

じゃあ、あれだけの「包める存在」がありながら、なぜ僕と寝たんだろう？　あの「エッチしてください」の真意は？

何より、そのメールを受けて、「エッチをするために」わざわざあの神戸以来の関西方面に出かけた僕も、どうしてそのことがわかっていながら、決して安くない交通費を使ってまで行ったのだろうか。

そんなの、いまさら自分に問いたださなくても、わかっている。

おそらく、僕はキーコさんの「抜け出したい」をキャッチした。

陽介さんがいた劇団の福岡公演の千秋楽の日、打ち上げの席で、キーコさんが他の役者に悪《あく》態《たい》をつき、ケンカになった、という話をあのあと聞いた。その時僕は、キーコさんはまだ本当の意味での「居場所」が見つけられていなかったのだろう、と思った。

「私……、この世界に居場所がなかってん」

キーコさんにはじめて会った日、神戸のラブホテルの一室で、まだ十六歳だった少女は僕にそう言った。そして僕も、自分がいつまでも「いじめ」の苦しみから抜け出せないつらさを語った。

二人は、体は合わせられなかったが、ほんの一瞬でも心が通《かよ》い合《あ》えた、同じ「痛み」を持つ者同士として。

だけど、それは男女の「愛」ではない。もしかしたら、「愛」に発展していく可能性はあったかもしれないが、あの状況ではそうなることは難しかった。

何より、僕は僕の「優しさ」ゆえに、まだ少女だった彼女の行為と好意を拒否したから。

キーコさんの「居場所」は、多分というか、絶対に「陽介さんのところ」なのは確信を持って断言できる。だけど、あの段階ではまだ、キーコさんと陽介さんは、お互いを受け入れるまではは至らなかったのじゃないか。ただの推測だ。だけど――たとえば、キーコさんの一方的な情熱と不安定さだとかを、陽介さんもまた優しいからこそ、受け止めきれる覚悟がなかったとしたら――？

いつも強いのは女性のほうだな、と僕は自嘲《じちょう》する。僕も雨子さんとの関係性を通して学んだ気がするから、何となくわかる、はずだ。

だから、キーコさんは自分の「居場所」がすぐそばにあることに気づくためにも、自分の「つらさ」から「抜け出したかった」んじゃないか。同じ苦しみを持ち、共感し合った僕と、自分のかつて「生きる武器」であり、存在証明でもあった「エッチ」でつながりたかったんじゃないか――。

「なんちゅう屁理屈《へりくつ》言っとんねん。鼻の下を伸ばして、ホイホイ大阪まで行ってエッチする僕は最低やないか！」

あえてへたくそな関西弁で自分を罵倒《ばとう》して、「その通りだ」と思う。

キーコさんには陽介さんという素敵なパートナーがいることを知りながら、彼女が「抜け出したかった」からと言って、あのメールに応えて大阪まで行ったのは間違っていた。どんな理屈をつけようが、僕はただのスケベだ。

だけど、雨子さんになかなか自分の心を開示できなかった時、僕の心に引っ掛かっていたのは、キーコさんの大きな「目」だった。あの「目」に、僕は一瞬で魅入《みい》られた。あの「目」の奥に、僕と同じ「いじめ」による苦しみがある、と知って、ずっとその気持ちを痛みのように引きずっていた。いじめ、いじめ、いじめ、いじめ、結局、それだ。

そこから救い出してくれた抜け道——少年期には経験できなかった「初恋」のようなものをキーコさんに抱いてしまった。親から受けるものではない愛、みたいな何か。

だからと言って、エッチしていい、という言い訳にはならない。

思えば、雨子さんの時もそうだ。彼女に誘われたとは言え、雨子さんは服役中の夫を待つ身だった。僕があの時、家に行かなくても、彼女は他の男と……なんて思うのも僕のワガママだし、雨子さんに失礼な話だ。

彼女も、「しあわせ」を一緒に探し、共有できる人を探していた。だったら、あの時、嫉妬心からあんなことを言わなければよかったのだ……。

またお決まりの、頭グチャグチャだ。

ちょうど映画のシーンは、タイタニック号から逃げられないと分かったお母さんが、子どもを寝かしつけながら、「そうして、みんな、しあわせに暮らしましたとさ」と語るシーンだった。キーコさんは、「私、あのシーンのセリフ好きやった」と言った。

僕は何となく思わせぶりに「うん」と答えたけど、実はあの時、僕が考えていたのは、「あのお母さんを演じたジェニット・ゴールドスタインは、キャメロン組の常連女優さんで、同じキャメロン監督の『エイリアン2』ではムキムキバキバキ、マシンガンぶっ放してエイリアンと戦う女性兵士役、『ターミネーター2』では新型ターミネーターに化けられ、一瞬で夫をぶち殺すおばさん役なんだよなー。俳優って役によって、まるで体形も印象も違うからすごいよなー」だったことを思い返す。

そこで、もう一度、キーコさんのメールを読み返す。

〈トモくんへ。脚本家になってください。そして、セックスに悩む物語を、世界に届けてください〉――。

よし、僕はここで頭グチャグチャにしている場合じゃない。あと一時間ほどだろうが、ジャックとローズの恋の決着がついたその時、僕こそ今のグチャグチャから「抜け出そう」と思った。僕にできること、それは恩人の局長が言ってくれた、「書くこと」しかない。キーコさんに背中を押され、僕は「脚本家になる」とはっきりと決心した。

夏は過ぎた。太陽の日差しは日増しに黄色く弱まっていく。

二〇〇一年、時代は二十一世紀を迎え、僕は東京の中野区に住んでいた。

この二年間の間に、僕には大きな変化が訪れた。

ひとつは、病気療養中の母親が入院先の病院で突然体調を崩し、亡くなったこと。享年七十歳だった。父は、その直後に認知症の症状が出はじめ、実家近くの特別養護老人ホームに入所した。幸いにして要介護五だったこともあって、本人の年金のみで施設に必要な料金を賄《まかな》えたため、僕の経済状況でも安心して入所させてあげることができた。

兄はと言えば、いまだに行方不明だ。今どこでどうしているかもわからない。せめて、父と母の状態を知らせたいが、これだけはどうしようもない。

そして僕は、劇団の作・演出を担当する彼の紹介で、師匠筋にあたるという、映画監督の門を叩《たた》いた。監督は、アクション映画から青春映画まで、幅広い作品を手がける、日本を代表する職人監督だ。

「風呂無し月三万五千円」という、東京では破格だが、築何十年だろうという歴史あるアパートに住みながら、またまたレンタルビデオ店のアルバイトを見つけ、そこでせっせと映画の勉強兼仕事に励《はげ》んだ。そして監督から仕事が入ると、現場で助監督をしながら合間を見つけては脚本を書く日々を送っていた。

映画の助監督の仕事は多岐《たき》にわたる。監督の指示に従って、撮影・照明・録音など各部門への伝達や調整、リハーサル時には俳優の代わりとなってカメラの前に立ち、位置などを確認する「スタンドイン」や、エキストラへの演技指示、カチンコ打ち、撮影スケジュールの管理など、実に対応力が要求され、撮影中は朝から深夜までフル稼働《かどう》だ。

助監督は、これらの仕事をファースト、セカンド、サードと経験の差によって分ける。僕は新入りだからいちばん下のサードで、主にカチンコやさまざまな雑用をしていた。もともとんくさいから、監督からはしょっちゅう怒鳴られたが、可愛がられもした。

撮影終わりの酒の席で、監督からいつも口をすっぱくして言われたことがある。

「いいか、どんなに忙しくても、書くことを忘れるな。とにかくシナリオを書き続けろ。それが監督になる唯一の道で、一生助監督で終わるヤツと、監督になるヤツとの差だ」

そんな時、僕は決まって、「現場も嫌いじゃないですが、僕は脚本家……シナリオライターになりたいです」と答えていた。

「じゃあ、なおさら書け。それも助監督をしながら書け。現場をしっかり知りながら書けば、きっといい脚本《ほん》が書けるようになる。お前は『書ける』から頑張れ」

この監督の「檄《げき》」に、僕は発奮《はっぷん》した。かつての師匠と、今の師匠が同じ励ましをくれたのだ。以来、僕はどんなに疲れても、毎日一行以上はシナリオを書く、これに努力するようになっていた。

僕の中に湧き上がる、まだまだ拙《つたな》いインスピレーションが、ひとつひとつ、魂をひねるようにうねりだした。僕の言霊《ことだま》を映像にして、世界を揺らす、いつかきっと。そう信じて書いた。

新世紀最初の年が終わろうとする頃、僕はファースト助監督を務めていた先輩が初監督をするVシネマ『ハダカ革命――スケベに人生を捧げた男』の現場にセカンド助監督として呼ばれた。

この作品は、とある映画会社に実在した、伝説と呼ばれる映画監督の半生を映画化したものだ。映画がテレビの台頭で完全な斜陽時代に入った七十年代、ある映画会社で、それまでのアクション路線からポルノ路線に切り替えた時期に、過激で笑える、ハチャメチャな作品を多数残した映画監督の、映画以上に無茶な人生を描く作品だ。

その監督は、酒の呑み過ぎで体を壊し、亡くなってしまったけれど、死ぬまで出演女優に手をつけまくり、借金を重ねて撮影現場まで借金取りがやってくる始末。それでも観客やスタッフから愛される豪快な人柄だった。

僕はそんな話題作に、昇格してセカンド助監督として参加でき、気合いも入っていた。

仕事は主にエキストラの手配で、特にこの作品では劇中のポルノ映画に出演する女優役がたくさん必要だった。この作業が実に大変で、「脱ぎ」が大丈夫な女優さんを手配するため、アダルトビデオ専門のプロダクションに片っ端から電話をかけ、とにかくAV女優さんのプロフィールを、製作会社内にある製作チームのファックスにどんどん送ってもらった。

この頃、もうパソコンは使われてはいたが、気軽に資料を添付してメールで送る、というケースはまだ少なかった。だけど、ファックスでは画像が不鮮明だ。そこでひとまず、急ぎファクスで送られてきたプロフィールを監督に見せてOKをもらったら、僕自身がプロダクションに出かけて直接面接をし、写真を撮り、それを監督に見せて報告し、改めてOKをもらって出演を交渉・調整する、という作業を繰り返していた。

さすがに毎日、大勢の女優さんに会うと、変な気持ちも麻痺《まひ》してくる。仕事モードで作業をこなしていたが、その日、僕は内心ドキドキしながらも、少し怖《こわ》い気持ちでいた。

あるプロダクションから送られてきたプロフィールに「小倉ちち」の名前があったのだ。

監督にそのプロフィールを見せたところ、「この子、いいじゃない。早速あたって」と言われ、一瞬、「この人、僕の元彼女なんです」と言いかけて、やっぱり辞めた。少しだけ足首をひねった。

元彼氏が、仕事とは言え、プロダクション所属の女優さんに会いに行く——は業界としてはタブーを犯すことになるのだろうな、と思いつつ、僕の心は少しときめいていた。

ヨリを戻したい、なんて微塵《みじん》も考えていない。もう雨子さんはあの時とは別の世界に生き、しっかりと踏み出している。僕がバイトをしているレンタルビデオ店でも、「小倉ちち」の作品は新作が出るとすぐに「貸出中」になってなかなか借りられないほどで、すっかり人気AV女優の一人だ。

ただ、大金をもらったまま、一生会えないのは嫌だった。何らかの方法で「お礼が言いたい」とずっと純粋に思っていた。

「あんたは頭がよかけん、また頑張れるっちゃ。風俗嬢のヒモもホームレスも、あんたらしくなか。そんじゃあ、元気でね」

僕をどん底のホームレス生活から救ってくれた雨子さんの優しい言葉は、今でも僕の心に残っている。

コンクリートの床に光が眩《まぶ》しく照りかえる。そのプロダクションは大通りを少し入ったマンションの五階にあった。普通の事務所仕様で、そんなに広くはないがさっぱりしていて、顎ひげを蓄えた社長さんが迎えてくれた。ボブカットの事務の女性が何やら書類を書いていて、そのそばではマネージャーらしい男性が、どこかの製作会社とスケジュール確認の電話をしている。パキラの鉢植えが、水分不足で少し疲れ気味に見えた。

社長さんと名刺交換をして、奥の応接ルームに向かう。「小倉ちち」さんの後ろ姿が見えた。するとそこで、社長さんの携帯が鳴った。

「すみません、本田さん。ちちはあの奥におりますので、お話、進めておいてください。私もこの電話が終わったらすぐに行きますから。話は通してあります」

通常はこの手の面接、続いての写真撮影も、トラブルがないようにマネージャーか、会社の社長さんが同席する。契約書の説明やスケジュール、撮影内容などもきちんとして、プロダクション側に納得してもらわなければならない。

僕は応接コーナーに行き、「小倉ちち」さんの正面に回った。

「はじめまして……じゃないですね。お久しぶりです」

「……トモ？　本当に？　痩せた？　立派になったね！　本当だ！　トモだ！」

思わず「小倉ちち」ではなく、雨子さんが大きな声を出したので、僕は右手の人差し指を口に当てて、シーっというと、「仕事できたから……」と声をかけ、実は事前に用意していた携帯番号を書いた名刺を、そっと手渡した。

下心もあることが見え見えだ。でも、少しでも雨子さんと個人的な話がしたかった。

すると、このタイミングで電話を終えた、社長さんが戻ってきた。

そこから僕は淡々と映画の企画書を渡して内容を説明し、監督が「小倉ちち」さんを気に入っていること、どんなシーンで出演してほしいのか、スケジュールはいつ頃になるのか、あとはギャラの金額やさまざまな事項が書かれた契約書を示して説明した。

社長さんは、「この子にとってもいいチャンスだと思うので、ぜひお願いします」と頭を下げた。すると「小倉ちち」さんも頭を下げ、すぐに頭を上げると、社長さんに分からないように僕に笑顔を見せてくれた。目の奥が熱くなった。

雨子さんから電話があったのは、その夕方だ。

「トモ？　今日はびっくりしたっちゃ。会いたか。会えん？」

思わぬ内容と懐かしい小倉弁に、嬉しくなった。そして、その夜、渋谷にあるという、雨子さんのマンションを訪ねた。

マンションに行くと、友樹君がご飯を食べていた。小学校二年生。今は雨子さんと毎日一緒に暮らしているという。

「トモも、ご飯まだ？　まだなら一緒に食べよ」

「うん……いいの？」

「当たり前やん。今日は立派に立ち直ったトモと久しぶりに会えた記念日っちゃ。ホームレスから映画の助監督とは大出世やね。トモなら立ち直るって信じとったよ」

「ありがとう」

それから僕たちは三人で食卓を囲み、そのうち友樹君が自分の部屋で寝入った。

「泊まっていくやろ？」

「う……うん」

「うち、あの頃みたいにとっかえひっかえ男は替えとらん。あの頃は、うちもおかしかったとよ。ああせんと、自分が保てんかったけん。旦那が父ちゃん殺して、ムショ入って、店の経営は組のモンがうるさかし……。あの頃は、うち、狂っとったと。それでお客さんからスカウトされて、この仕事はじめて、東京にきて。組事務所はいろいろ言いよったけど、もう全部捨てて東京きたと。生まれかわるんは今しかない、と思ったんよ。それからは、仕事以外では一切男と寝とらん。いろいろ誘いはあるけど、全部断っとうよ。とくにあのスケベ社長がしつこいけど」

「え、そうなの？　そりゃダメじゃん……」

「そうよ、だから今、所属先の移籍も考えとう」

「そうなんだ」

「うち、プライベートは……やっぱ、好きな人としか、しとうなか。……いや、もう好きな人ができたら、この仕事もやめたかよ……。うちは、それこそたくさんの人と寝てきたけど、心の底から忘れられん男は……体だけじゃなくて、うちの心も全部優しゅう受け止めてくれた、たった一人の男だけっちゃ……」

みるみるうちに雨子さんの両目から涙があふれ、びっくりするぐらい大量にこぼれ落ちた。

ビデオのパッケージからは想像もつかない、崩《くず》れた顔の雨子さんが目の前にいる。

「そうなんだ……」

雨子さんにそんな男性がいたことを、少しせつなく思う。自分がそうなれればよかった。短い時間だったけれど、僕にとって雨子さんがそうだったように。

黙り込む僕に、雨子さんは言った。

「……それだけね？」

「え？」

「トモはもう、いい人おるとね？」

「いや、僕は、いないけど……」

瞬間、泣いた赤子がというように、雨子さんの表情がみるみる明るくなる。子どものように目じりを垂《た》らし、よかった、と呟《つぶや》いた。

「え？」

僕が戸惑《とまど》う。

「その忘れられない人って、もしかして……」

恐る恐る、自分を指さす。

「もう、あんま言わせんで！」

雨子さんが涙声で、抱きついてくる。かつてを思い出したように、即座に抱きしめ返す。あの頃より、少しほっそりとしているけど、大きな胸はそのままだ。その柔らかな感触に、なぜかいやらしい気持ちより、懐かしい、母性に触れたような感覚を抱く。

そこでハッとした。今だ、今、すべてを打ち明けよう。雨子さんの目をしっかりと見ながら、僕は、詰まり詰まり、これまでのことをゆっくりと話した。いじめのこと、トラウマのこと、子どもが怖いこと、友樹君にも恐怖を感じたこと、兄貴の夜逃げで自己破産をしたこと、それが原因で会社を辞めさせられ、母親が病気となり、やがては亡くなって、父親も認知症となって施設にいること……。

そして、あのホームレス暮らしからあとのこと……何より、キーコさんのこともきちんと説明した。もちろん、つい最近、再会してそういう関係を結んだことも。

その上で、母親に抱きしめられて以来の、心と体が本当に安らぐ「愛情」を感じたのは雨子さんだけだ、と僕も涙ながらに話した。

黙って聞いていた雨子さんは、ティッシュを抜き取り、豪快に鼻をかんだ。ひそやかに涙を拭いたキーコさんの姿は、もう浮かばない。

「トモも、ウチと一緒やん。苦労したんやね」

「アメちゃんほどじゃないよ」

「でも……会えた」

見つめあった。悲しくなんてないのに二人とも涙が止まらなくて、猿のような赤い顔で、ノミとりをするみたいに、お互いの涙をぬぐいあった。

どちらからともなく、顔を近づける。ずっと引かれていた線を手の平でこすって消すようにくちびるを合わせかけたとき、急に雨子さんがそれを制した。

「トモ、どうしよう……。旦那、もうすぐ出てくるんよ。ウチ、どうたらええんやろ」

不思議だ。臆病者の僕には、もう怖《こわ》いものがなかった。雨子さんの柔らかな手に手を重ねる。

「一緒に行って説明しよう。それしかないよ」

「でも……」

世界中の誰に見はられていても、僕は言わなければならないことがあった。くちびるを重ねる。

「アメちゃん、僕に、一緒にいさせてください」

二人はようやく抱き合った。それから深く愛し合い、その後、友樹君と三人で川の字になってあたたかい眠りについた。幼い頃、両親と三人で川の字になって寝た日のように。

しばらくして、雨子さんは引退を決めた。事務所の社長からは引き留められたけど、決意は固かった。結局、僕が助監督を務めたVシネマには出演しなかった。仕事で「僕に裸を見られたくない」のが理由らしい。その理由がいじらしかった。

そして、その時はやってきた。

そもそも雨子さんは、トオルさんに対してずいぶん前から自分の仕事が変わったことを伝え、暴力団とは完全に縁を切ったことと、離婚したい旨《むね》を手紙に書いてきたという。その上で、友樹君を庇《かば》おうと、トオルさんが暴力を振るう父親を殺したことには詫びながらも、肉親を亡くした複雑な想いを記しもした。

僕はまず、お世話になっている映画監督に相談した。事情を聞いた監督は知人の弁護士を紹介してくれた。その人はとても丁寧に説明してくれて、僕らに代わって出所したトオルさんと交渉してくれた。

トオルさんは、雨子さんの態度にかなり腹も立て、一時は逆上もしたが、弁護士の必死の説得に納得し、和解に応じてくれた。父親を殺《あや》めた人とは一緒に暮らせない、という雨子さんの心情を理解し、これまで数々の暴力をふるってきたことも認めて謝った。

その上で、組事務所には戻らず、真面目に仕事に就《つ》くことを条件に、友樹君との定期的な面会をしてもいいこと、和解金三百万円を雨子さんがトオルさんに支払うことで離婚が成立した。

三百万円のうち、二百万円は雨子さんがビデオの仕事によって貯金したもので、百万円は僕の貯金から出した。雨子さんからもらったお金の三倍プラスアルファだが、これは僕が精一杯の背伸びをした感謝の金額だ。

初夏の日がひっそりと光を降らせ、土には木々の影が濃い。瑞々《みずみず》しいにおいのする風に包まれて、僕たちは結婚し、やがて娘が生まれた。

結婚届の証人は、お世話になっている映画監督にお願いした。そしてその年、僕はその組を離れ、Vシネマのシリーズの脚本を任せられるようになり、脚本家として一本立ちした。

ぐるんと回転性の眩暈《めまい》がした。私の頭には髪の毛を染めるヘアカラーがべったりとついていて、塗っていた美容師さんの手がすべりかける。瞬間、あたりが騒然となった。ばたばたと美容師さんたちがバックヤードに入っていく。

「かなり大きな地震みたいですよ。東北のほうで」

私だけの眩暈かと思っていたのは、地震による揺れだったようだ。

「大阪はたいしたことないけど、あっちはかなりでかかったみたいです。阪神淡路大震災以来かも」

「そんなに？」

「今、スマホで調べたけど、大変なことになってますね」

そうなんですか、と答えながら、二〇一一年三月十一日。私は震源地と遠く離れた大阪の地で、それなりにマグニチュードの大きい、不安の中にいる気でいた。

十六歳の家出以来、ずっと連絡を絶っていた父親に会いに行くことを決めたのだ。

「ゆあちゃん、起きましたよ」

一角を占める保育スペースにいた美容師見習いの女性が声をかける。

そう。一歳になる娘を連れて。


陽介とまた体を結べるようになって、しばらくして陽介は劇団を辞めると言い出した。関西の老舗《しにせ》のタレント事務所に入り、そこで映像を中心にやっていくのだと。

当然だけど、簡単に大きな仕事が入ってくるわけではない。昼と夜、シフトに融通《ゆうずう》の利《き》くチェーンの居酒屋で、私も一緒にアルバイトをはじめた。

その頃の、私たちの口癖は「はい、喜んで！」。居酒屋のお決まりの掛け声だ。トイレに行くといっては、「はい、喜んで！」。セックスがしたいといっては、「はい、喜んで！」。爆笑しながらベッドになだれこんだ。

一緒に働いたのはお金のことだけじゃない。私が陽介と離れると、精神の状態を著《いちじる》しく崩《くず》してしまうからだ。依存以外の何ものでもないけれど、陽介はそんな私に、「幼い頃の愛情不足」だと言った。陽介なりに、心理系の本を読むようになっていた。

陽介は、関西ロケの昼ドラでちょい役をもらえるようになってきていた。死ぬ寸前の患者の役とか、筋肉がすこぶる美しいジムトレーナーとか。そのたびに、体型管理が大変だった。基本的には、美形を求められることが多かったので、太らなければならないことはなかったけれど、役によってはがりがりに痩《や》せたり、逆にムキムキになったり、運動だけじゃなく、食事制限に手を焼いた。

居酒屋で教わったメニューの他に、私は栄養士の資格を取ろうと通信講座を受けた。高校も中退していた私が、勉強するとなると大変だった。読めない漢字が多いのだ。スマートフォン片手に分からない言葉を調べながら、これまた苦手な計算をしつつ、陽介の完璧なプロポーションを維持する手伝いをやってのけた。

夢中で取り組むことがある。それは、私の精神の安定にもとてもよかった。

もちろん自分の可能性なんて信じられない。後戻りも毎日したくなる。日々が、ぎりぎりよじのぼった電信柱から落下する夢の繰り返しだ。

それでもやがて、陽介の体型のこと、仕事のこととともに、その日のレシピをブログにあげるようになると、ブログシステム会社を通じて、レシピ本を出さないかとの声掛けをもらった。

「いやいやいやいやいや、明らかに詐欺《さぎ》やろ。こんな話」

私が怯《ひる》む。

「話だけでも聞いてきたら？　お金とか取られそうなら、すぐに身を引いたらいいんやし」

相変わらず穏やかな陽介は、気軽に答える。

「私、売り飛ばされるかも」

「心配する年齢ちゃうし、大丈夫」

笑う陽介をグーで殴る。私は二十代も後半にさしかかっていた。

果たして、詐欺ではなかった。インターネットのレシピサイトなどを通じ、素人のレシピ本を出している大手出版社から、あれやこれやで私の本の出版が決まった。初版部数五千部。多いのか少ないのか分からないまま、何より本になったことを喜んでいたら、瞬《また》く間《たま》に増刷が決まった。陽介の密《ひそ》かな人気も後押しした。

やがて、夫婦そろってテレビにも出るようになった。お昼の情報バラエティで「筋肉レストラン」の冠コーナーをもらい、俳優の体作りをかなえる美ボディメニューを毎週放送した。

陽介の仕事も増え、順風満帆な日々だった。そんな時、恐れていたことが起きた。風俗に勤めていたことを、インターネットで暴露されたのだ。

焦った。だけど、いまさら隠すこともしたくなくて、私は自身のブログに洗いざらい、本当のことを綴《つづ》った。インターネットの匿名掲示板では、女性たちの罵声《ばせい》と男性たちの好奇の目が、私にまとわりついた。

もうこれで仕事もなくなるだろう。陽介にまで迷惑がかかったらどうしよう。陰鬱《いんうつ》とした気持ちで最後の審判を待っていたら、出版社から自叙伝を出さないかと水向けされた。

「え、まだ本を出していいんですか?」

「ここからが勝負どころですよ」

編集さんは言う。風俗のことも含め、なぜ今に至ったのか、興味を持っている人は少なくないのではないかと。早い話が客寄せパンダだ。

悩んだけれど、この道がつながるなら、何でもよかった。私は言われたとおり、これまでの半生を一冊にまとめた。まとめたと言っても、私は学歴もない。語彙も乏しい表現力を、編集さんは必死でサポートし、拙《つたな》い一冊が仕上がった。

そこで私は幼少期の心の傷についても触れた。もちろんいじめられたことも。その内容はけっして明るいだけのものではなく、「筋肉レストラン」で、毎回、「はあー！　マッスル、マッスル！」と笑っていた私とはうってかわった真面目さだった。

もう明るい場所には出られないんだろうなあ——。私はひそかに覚悟を決めていた。

ところが私の心配をよそに、本は売れた。届く読者カードには、同じように子どもの頃、親から愛情を受け取れなかった人や、いじめを受け、いまだにその後遺症に苦しむ人からの声が溢れていた。彼らは言ってくれた。

〈キーコさん、生きてくださってありがとうございます〉

涙が溢れた。私がずっと否定し続けてきた私に、ありがとうと言ってくれる人がいる。私の人生に共感してくれる人がいる。ひとりじゃない。私はようやく、自分を少し愛することができた。人を、自分を信じていいと思えた。

そんな矢先のことだった、私のお腹の中に赤ちゃんがいると分かったのは。二十九歳。ちょうどいいタイミングかもしれない。

だけど、私の心は不安でつぶされそうになった。心がひどくぐらつく。考えれば考えるほど、喜びよりも、たったひとつの救いのない答えにたどり着く。

自分の子どもを、虐待《ぎゃくたい》してしまうんじゃないか——。

愛情の不足は親から連鎖すると何かで読んだ。父親は私を愛してくれなかった。父親の暴言を止められなかった母親からも、私は愛を感じることができなかった。私も、子どもを愛せなかったらどうしよう。

自分の神経の強張《こわば》りに、自分でも手を焼く。ちょっとした刺激やわずかな環境の変化にもすぐに気持ちが揺らいで、あたりかまわず泣いたり、笑ったり、怒ったりするようになった。

対談の席では強い自分を演じ、そのあと、トイレにこもって泣いた。なぜ自分が泣いているのかも分からないまま、涙を落とした。

そして、寝る間際に必ず脳裏をかすめる。

子どもが生きづらくなってしまったらどうしよう、私みたいに。

腕を切ったり、死にたいと思うようになったりしたら?

精神を病み、病院に行かなければならないほどになったら？

きっと、子どもは言うだろう、なんで産んだの、と。

だんだん私は、分からなくなってくる。

この世界は生きづらい。

傷つくことも、裏切られることも、自分を壊すほど追い詰められることもある。

そんな中、命を無責任に送り出していいのだろうか。

その子が死ぬまで、面倒をみてあげられるわけでもないのに。


——だけど、と思う。

その先に、出会えるかもしれない、陽介みたいな人と、小さな生きがいと。

そうだ、私は一人じゃない、陽介がいる。自分の親と私は同じじゃない。子育てを一人で抱える必要はないんだ。


つわりはひどかった。本当にマクドナルドのポテトしか食べられなくなって、ベッドで横になりながら、冷めてふにゃふにゃになったそれを、口元に運んだ。栄養管理も何もない。

でも、生かすって、理屈じゃない。

生きるって、きれいごとじゃない。

雨の中、タクシーを走らせた。背中が陣痛でちぎれそうに痛くて、陽介は少しでも楽になるよう、さすり続けた。

気を紛らわせようと、窓の外を見る。ウィンドウを流星のように伝う雨粒。曇ったガラス窓の向こうに歩道を歩く人たちの姿が、まるで水族館の魚のように見えた。

病院にもうすぐ着くという頃、低く垂れこめていた雨雲が東からの風に押され、ゆるやかに追われていった。陽が差してきて、葉末《はずえ》のしずくがダイヤのように光る。かげっていた空が、ぱっと剝《は》がれたように現れる。

「虹……」

どれほどどしゃぶりでも、神様は虹というギフトをくれる。お腹の中の赤ちゃんは、私に与えられたギフトだ。

産声があがる。どんな感動ものの芝居をしていた時よりも、ぐじゃぐじゃの汚い顔で、泣き笑いする陽介がいた。

生まれた娘、ゆあを、父親に会わせようと思ったのは、子育ても安定してきた一年後のことだ。

自分が親になり、どこかで親の気持ちが少し分かった。子育てをしていると、腹の立つこともある。思わず「いいかげんにして！」と叫んでしまったことも、一度や二度じゃなくあった。それでも、ゆあは私から生まれてきて、私たちがしあわせにする義務がある。

私の父親も苦労したんだろうか。

大人になって精神を病んだ私は、実は生まれてすぐの頃から精神的に不安定で癇癪《かんしゃく》持ちなところがあった。そんな子どもを前に、いらいらしてもおかしくはない。父親が私の親になったのは、私よりずっと若い頃だ。うまくいかないことも多かったのだろう。

それでも、父親は、私や母親のために毎日仕事をしてくれた。風邪をひいたら、いちごを買ってきてくれたこともある。

ある時、家族みんなで牧場に行くと決めた前日、両親がワインを飲んでいた。ブドウジュースのように見えるそれがおいしそうで私がねだると、父親は「ちょっとだけやぞ」と、赤くきらめくそれを飲ませてくれた。私の顔が熱くなる、楽しい。私は、お馬さんの形になった父親にまたがり、「モーモーさん！」と、酔っぱらって寝るまではしゃいだ。父親は困っていたけど、怒らなかった。

母親と離婚をして、生家で祖母と暮らしている父親のもとに電話をした。驚いた父親の声はかすれていた。「元気か」と父親が訊く。

「元気やよ。お父さんは?」

「元気や」

人はどうして、言葉に詰まった時、このやりとりをするのだろう。心の底で、目の前の人の健康を願っているのかもしれない。

そして当日、東日本大震災が起きた。

最初に思い出したのは智之のことだ。時々送りあうメールで、彼は晴れて脚本家になったと聞いた。もともと新聞記者の経験を持つ智之は、この地震を見過ごすことはないだろう。きっと、また取材に行くに違いない。

「気をつけてほしいな」

陽介が察したように言った。

「うん。無茶する人やから」

自分自身の今から起こる不安もひととき忘れて、私たちは、智之と結婚したという雨子さんのことを考えた。

父親とは、祖母の家のすぐ前にある焼肉屋で落ち合った。祖母はもちろん、父親もひと回り小さくなったような気がした。

父親は、特上と名のつくものを片っ端から注文し、「あれも食べるか？」「ほら、もっと食って栄養つけろ」と、次々、私と陽介の皿に肉を入れてきた。

よく見ると、自分はほとんど食べていない。陽介が「代わりますよ」とトングを摑《つか》もうとすると、「わしはええんや。焼肉奉行やから、お奉行様にしたがってたらええ」と、おどけたように肉をひっくり返した。

「ご挨拶が遅くなってすみません。僕がキーコさんをしあわせにします」

陽介が頭を下げる。父親はきまり悪そうに、頭を掻くと、言った。

「ずるいわ、キーコ」

「え？」

「わしが男前が好きなこと知ってるやろ。許さんわけにはいかへんやないか」

陽介と二人で笑った。父親は重ねる。

「陽介くん、約束してくれ」

「はい」

陽介の背筋が伸びる。どんな厳しい条件を出されるのかと身構える陽介に、父親は真面目な顔で言った。

「太ったらあかん」

「へ?」

「そのしゅっとした顔が好みなんや。体調管理、しっかりな」

「あ、はい」

拍子抜けで、答える。

父親は、でもまあ、と鼻を掻いた。

「キーコがマッスルマッスルで管理してるから大丈夫か。家で健康的なメシが食えて儲けたな」

番組を見てくれていた——。私の胸が熱くなる。

きっと、父親は、料理をする私も、自叙伝を出してすべてを明らかにした私も受け入れてくれたのだろう。こんな親不孝な子どもを、それでも「子ども」だと——。

祖母の家までの帰り道、杖をつく祖母を、父は支えた。下町の祖母の家の周りには身を寄せ合うように古びた家屋が並んでいて、どこも庭先には鉢植えのアロエを出している。そういえば、ちいさい頃、蚊に刺されるたびに祖母にアロエを巻かれたことを思い出す。

「ゆっくりな……。ゆっくりでええからな……」

よたつく祖母の歩調に、父親は合わせる。かつては、あんなに些細なことで怒っていた父なのに。

人は変わっていく。優しいほうに、やわらかいほうに。

父親が祖母に歩調を合わせるように、私はこれから、娘に歩調を合わせていくのだろう。

ゆあが死にたいと言ったら、私は全力で抱きしめよう。

「ゆっくりね」と言おう。

そうだ。私は今、父親から受け継いでいる。負の連鎖だけじゃない。愛情の渡し方も。

父親も私も、あの頃、しあわせではなかったかもしれない。

でも、それがなんだというんだろう。

今がある。

生きていたから――明日がまたくる。

奇跡のように。

窓という窓が、丁寧に磨き上げられたように輝いている。見上げるばかりの無表情なコンクリートの建造物の中、その日、二〇一一年三月十一日の午前中から、僕は東京・東銀座のビルの十階にある映像製作会社で、Vシネマシリーズの次回作についての打ち合わせをしていた。

僕の名刺の肩書が、「脚本家」になってから八年。これまで単発のテレビドラマを一本、単館系の映画を二本と、このVシネマシリーズを六本手がけてきた。単純計算をすれば、世に出た作品は合計九本で、一年に一本以上となるけれど、正直、満足に食べられている、という感じではない。

脚本家という職業は、基本フリーランスであり、完全歩合制なので、書いた脚本が映像化されないとお金につながらない。打ち合わせをしただけや、プロットという、あらすじのようなものは書いても、企画段階で頓挫《とんざ》して映像化に至らないこともある。その場合、かかった交通費も含め、少しでも書いた以上はその対価としてギャラが発生するのが当然——と思われがちだけど、現実にはなかなか厳しかった。

脚本料も大ヒットが約束されているようなメジャー製作会社による映画や、人気俳優が出演するキー局製作の連続ドラマならともかく、単館系の映画や深夜にひっそり放送される単発ドラマでは、一本あたりの金額は決して高額ではない。

「しがみつく価値なんてない」

そう皮肉を言われることもある。でも、そんな言葉は僕にはからっぽだ。

その中で僕が何とか食べていけているのは、企画当初から関わり、脚本を担当したVシネマ『メタル探偵、走る！』の第一作がスマッシュヒットし、全国のレンタルビデオ店で好リリースを記録して、シリーズ化されたからだ。

この作品、子どもの頃から僕が大好きだった特撮ヒーロー物やロボットアニメ、そしてアルバイト先のレンタルビデオ店で浴びるように観ていた、往年の日本映画のアクション物に刺激を受けて考え、脚本を書いたもので、アクションやお色気路線を得意とする製作会社に企画を持ち込んだら、運よく採用、製作されることになった。

主人公の私立探偵・吾郎は、毎回、美女からの依頼を受け、数々の難事件に挑む。実は吾郎は悪の組織に全身を機械化されたサイボーグ。クライマックスは、事件を依頼してきた美女が悪者に追い詰められ、絶体絶命のピンチに立たされた時、全身をメタルスーツで覆《おお》われた「メタル探偵」へと変身し、その危機を救うというもので、実に単純な作りだ。

毎回、ストーリーも基本は同じ。でも、事件の犯人が意外な人物であるという推理サスペンスの要素と、ヒロインの濡《ぬ》れ場《ば》があるお色気展開、そしてラストは洗練されたデザインのメタル探偵が、悪者を退治する爽快感で人気を呼んでいる。

——表向きは。

実は僕がこの作品を思いついたきっかけは、キーコさんのひと言だった。

〈セックスに悩む物語を、世界に届けてください〉

その真意は、どう見ても人間である吾郎が、実は「人間ではない存在」であるということにある。

このシリーズでは、必ずラスト近くで、ヒロインが吾郎に惚《ほ》れる。でも、けっしてセックスはできない。それは、吾郎が「人間ではない」ため、その機能が備わっていないからだ。それでも吾郎は想いを寄せてくれるヒロインを愛し、彼女を助けるために自らの全存在を捧げる。全力を尽くし、ボロボロになるまで戦い抜く。

かつて、人生のどん底にいたとき、同じ苦しみとつらさを共有し、心を通わせたキーコさん。そして、お互いに心に傷を抱えながら、心と体を寄せ合い、今は最愛の妻として僕の人生のパートナーとなっている雨子さんへの感謝を重ね、毎回毎回、渾身《こんしん》の力を込めて書いていた。

シリーズが「マンネリ」と一部ネットで叩かれながらも、いまだに新作が出ると好調な売り上げを記録しているのは、そんな脚本の熱量にある、と僕は信じている。

打ち合わせが長引き、昼休憩に入った。

「メタル探偵、走る！　パート7」の展開について、プロデューサー、監督と激論を交わしていた僕は、ちょっと頭を冷やしたくて食事の誘いを断った。一人で東銀座の街を歩き、歌舞伎座近くにあるカフェで一人、コーヒーを飲んだ。スマートフォンを開き、画像フォルダを見る。そこには、僕と、十歳年上の男性――白髪交じりの兄がいた。

この八年、僕にもさまざまな変化があった。

山口の特別養護老人ホームに入居していた父は、六年前に施設内で亡くなった。危篤《きとく》との報せを受け、東京から駆けつけたときにはもう意識は無かったけれど、何とか妻と孫二人を会わせることはできた。

父の葬儀になっても、兄の居場所は分からなかった。もう一生会えないだろう。そう腹をくくっていたら、たまたま新聞のお悔やみ欄で父の名を見たと、親戚を通じて兄から連絡があった。兄もまた、東京で大工として働いているという。

十七年振りに赤羽の居酒屋で再会した兄は、もう五十六歳。開口一番、「老けたな」とお互いに笑いあった。それもそのはずだ。もう何十年も会っていなかったのだから、何十年も――。

「兄貴は元気？」

「ああ、おまえは元気でやってんのか？」

お定まりの挨拶を交わし、ジョッキを傾けた。

こんなに酒に弱かっただろうか。兄は数杯飲む頃にはすっかり赤い顔をして、涙を流しはじめた。すまんなあ、すまんかったなあ、と母のこと、父のこと、そして僕のことも詫《わ》びた。そうなのだ。ヒーローも年を取る。失敗もする。でも、またやり直せる。

「今度、妻と、兄貴にとっては甥と姪になるのかな？　会ってほしい」

そう話すと、兄は手拭が雑巾絞りできるほどに泣いた。

雨子さんは、相変わらずの元気さで、家の近くの介護施設でヘルパーさんのパートをしながら、子育てに奮闘している。友樹は高校一年生に成長し、今は友達とのバンド活動に熱中している。

僕たちは、実の父であるトオルさんとの接見を許したけれど、結局、出所したトオルさんは約束を破って組事務所に舞い戻り、覚せい剤所持の容疑で再び逮捕された。その後はしばらく消息が途絶えたものの、雨子さんのかつての仕事仲間によると、もう「この世」にはいないらしい。

この事実を、僕と雨子さんは、いずれは友樹に話すつもりだ。

友樹自身は、僕が本当の父親ではないということは知っている。でも、本当の父のことについては訊《き》いてこないこともあって、一切話していない。いずれ、このことを話した時、友樹がどんな状態になっても、僕も雨子さんも、友樹を全身で受け止め、心からの愛をもって抱きしめる覚悟でいる。

長女の愛晴《あいは》はとんでもない難産だった。一時は母体も胎児も危ないかも、と言われたけれど、帝王切開の大変な手術を経て、無事、僕たちのところへきてくれた。

「生まれてくれて……」

嗚咽《おえつ》に喉を詰まらせ、言葉が出ない雨子さんの代わりに、僕は「ありがとう……」と愛晴の頬を撫でた。

「ありがとう。ありがとう。ウチ……しあわせっちゃ」

「愛晴」という名前は、自らが「雨子」という名前ゆえに嫌な思いをしてきた雨子さんが、この子には「晴れた道を歩んでほしいから『晴』の文字を入れたい」というので、人を愛する、愛される人に、という想いを込めて、僕が名付けた。

その愛晴も、今は小学二年生になった。

可愛い盛り。だけど僕は小学生時代に受けたいじめのトラウマで「子どもが怖《こわ》い」という怯《おび》えが、穏やかな生活を送っていてもしばらく続いた。友樹も、愛晴も、「パパ」と無邪気に寄ってきてくれる。そのたび、意思とは裏腹に傷つけたい衝動に駆られるのだ。そしてそのつど、そんな衝動を避けるために自分の頬を殴ってしまう。自傷行為はなかなか治らなかった。それでも、子どもへの愛情がだんだんと勝《まさ》り、日を追うごとにその回数が少なくなり、今では衝動はほとんど起きなくなった。それはきっと、体だけでなく心まで抱きしめてくれる雨子さんと、やっぱり小さな体で僕を抱きしめてくれる二人のかけがえのない子どもたちの「愛」のゆえに違いない。

やっぱり「人は、人によってしか救われない」と思う。

午後に入って、物語の展開について何とか僕の主張通りに行こうかとまとまり、続いて次回作のヒロインを演じる女優は誰がいいか、というところに差しかかった時、時間にして十四時四十六分、いきなり強烈な「揺れ」が襲ってきた。

思わず会議室のテーブルの下に僕、プロデューサー、監督の三人が潜り込む。この時、僕らがいた東銀座が位置する中央区の震度は「五弱」だったけれど、身を置いていたビルは十五階建てで、その十階だったせいか、相当な「揺れ」に感じた。

僕はテーブルの下でかがみながら、阪神淡路大震災の数か月後、取材で聞いたおばあちゃんの話をとっさに思い出していた。怖い、死にたくない、何よりも、家族に死んでほしくない——。

揺れていた時間は、一分ちょっともあっただろうか。だけどそれは、ずいぶん長い時間のように感じた。

揺れが治まった時、テーブルの上の資料は床に散乱していた。

「ここはいったん解散し、後日、改めて打ち合わせをしよう」

そうプロデューサー、監督と決めてからは、僕は自分の資料を拾い集めた。

会議室を出ると、製作会社の事務所内は停電していた。本棚に並べてあった過去作品の脚本や俳優名鑑などの本、資料が落ちていて、いろいろと確認をしている社員たちの声で騒然となっている。

エレベーターが止まっていたので、階段で一階まで降りた。狭い階段スペースも多くの人が行き来していて、一階に降りるまでにかなりの時間がかかった。

外に出ると、街全体も混乱した状態だった。

スマートフォンをかけようとするけれど、通じない。街角にわずかに残った公衆電話も大行列で、中野区にある自宅マンションの様子が心配だった。

その日、雨子さんはパートが休みで、買い物に出かけていなければ自宅にいるはずだった。友樹と愛晴は学校だから、よほどのことが無い限り、先生の指示で避難はできているだろう。

とにかく、他の場所の様子がよくわからないから、自宅マンションが阪神淡路大震災のときのように途中の階が圧《お》し潰《つぶ》されるようなことになっていないか、それだけが心配で仕方なかった。

徒歩で地下鉄の東銀座駅に着くと、電車も止まっていた。

「仕方ない。歩くしかないか……」

普段なら東銀座から中野まで電車で三十分もあれば着くが、この日はもう歩くしかない。結果、四時間近くかけてたどり着いた。

中野区に入ると、ここは震度が五強だったからなのか、中央区より被害が大きい。路上にはビルのオフィスの窓ガラスが落ちてきたようで、破片が散乱しているところもあった。電車が止まっているからか、駅にはたくさんの人が押し寄せ、かなりの数の帰宅困難者で溢れていた。

自宅は、十階建てマンションの五階にある。何とか停電は免れてはいたものの、エレベーターは怖かったので、歩いて昇った。

鍵をポケットから取り出す手が震える。鍵穴に差し込み、かちりと音を立てて錠《じょう》が外《はず》れる。ドアを開いた。廊下に皿が散乱している。

だけど――リビングルームのローテーブルの前。雨子さん、友樹、愛晴もみんないて、僕の姿を見るなり飛びついてきた。全員で抱き合って泣き、無事を喜び合った。

被災地を見に行きたいと思ったのは、それから半年が経った頃だ。

震災を題材にした映画やドラマの企画がきているわけでもない。でも、今、感じておかなければならない、と突き動かされた。すぐにはその取材が脚本の題材にならなくても、きっとこれから産む作品たちの「血肉」となる。そう信じた。

やみくもに行っても仕方ないので、新聞社時代の後輩に、岩手県釜石市出身の記者がいたことを思い出し、釜石市役所の職員でもある父親を紹介してもらった。津波被害が大きかった鵜《うの》住居《すまい》地区を案内してもらう。

この地区では、五百八十三人という死者・行方不明者が出ていた。災害時の避難所として位置づけられていた場所に誤解があり、津波発生時、高齢者を含むかなりの人が間違った場所に避難し、流された。

その様子を現地で見聞きした僕は、かつて住宅が立ち並び、今は何もない土地に立って考えた。巨大な力で引き裂かれ、ほとんどが海に呑み込まれた街。命を失った人々、そして家族、友人、恋人を失った人々――そのつらさ、無念さはどれほどのものだろうか。

「もっと生きたかった」

「私がもっと気をつければ、助けられたかもしれない」

「目の前にいた人を、助けられなかった」

そんな「声」が聞こえるような気がして、僕は、いつの間にかしゃがみ込んでいた。もう乾いた土が爪に食い込む。よそ者が、とどこかで自分を冷たい目で見ながら、溢れ出した涙は止まらなかった。

たかだか一人の人間が見た震災。それは分かっていたけれど、僕はそれを世に発信せずにはいられなかった。ブログを立ち上げる。被災地で見聞きしたことをまとめてインターネットの波に乗せた。

するとそう多くはなかったけれど、意外にも熱い反響がちらほらあった。

僕の中の脚本家魂が燃える。何とか、これを形にできないか。

そんな頃、滋賀県で中学生の男子生徒がいじめを苦に自殺した、という事件が大きく報道された。やりきれなくて、見ていたスマートフォンを思わず床に投げつけた。

自然災害は、人の命を奪う。そして「いじめ」もまた、人の命を奪う。

その命の重さは、みんな同じだ。命を奪われた本人の無念さも、家族のつらさもまた、同じだ。

だけど、自然災害は人の努力で防災を徹底していけば、ある程度の被害は防げるように、いじめの被害もまた、人の力で防ぐことはできるはずだ。

僕はいじめのトラウマによって自傷行為をするまでに、心に傷を負った。たまたまそうならなかっただけで、僕も、自殺にまで追い込まれたかもしれない。そこにつながりそうになる場面は、何度かあったような気がする。運がよかった、それだけだ。

その傷は、今だって心の片隅のどこかで不発弾のように眠っているという実感がある。その不発弾が爆発しない理由は、家族をはじめとする人の「愛」によってセーブされているだけなのだと思う。

だから、「愛」を失うと、いつ爆発するかわからない。その葛藤《かっとう》は、おそらく死ぬまで一生続いていくのだろう。

それからの僕は、憑《つ》き物《もの》がついたようだった。今回の震災取材での経験と、「いじめ」事件で誘発された自らの体験とを関連させ、どうにか脚本にして自分の想いを世界に発信できないか、師匠の映画監督に相談した。

「本田、そこまでの想いがあるなら、自分で書いて、自分で監督してみたらどうだ。お前にしか書けない脚本《ほん》を、お前にしかできない演出で描くんだよ」

「僕なんかが……」

「そう思うならやめろ。やめて、作るほうじゃなく、観るほうの人生を選べ」

心臓に腕を入れ、内臓をかき回された気がした。九つまで数えて止めてしまう。そんな生き方はしたくない。

書く。そして、作る。

そんな矢先のことだった。思わぬ話が舞い込んだ。健康食品やサプリメントを製造・販売している食品製造会社から、その会社がスポンサーとなって、インターネットの動画サイトで公開するネットドラマを作ってほしいという企画だった。もともとは監督にきた話なのだけど、監督が「俺より適任者がいるから」と僕を紹介してくれたのだ。

早速、都内にあるその会社の広報担当者との打ち合わせに向かったら、待っていたのは何とそこの社長さんだった。彼は神戸出身で阪神淡路大震災の被災者。震災で父親を亡くしていた。震災までその会社は神戸に本社があったけれど、震災をきっかけに本社機能を東京に移したのだという。

今回の東日本大震災を受けて、当時の記憶と、父親を亡くした後悔と悲しみがフラッシュバックし、リアルによみがえったと、眉間《みけん》を指で揉《も》んだ。

そこで社長さんは、「災害と人の心」をテーマにしたネットドラマを製作・配信することで、自社のモットーである「心の健康は身体の健康につながる」という精神を発信したい、とのことだった。

この話を受けた僕は、ひと晩で企画書とプロットを書きあげた。完成したそれを早速送ると、社長さんも読んでくれたようで、一発でＯＫが出た。

監督も僕がすることに納得し、製作にゴーサインが出た頃、脚本づくりがはじまった。

そこで考える。僕には、どうしてもこの仕事を一緒にやりたい人たち、正確にはご夫婦がいた。キーコさんと陽介さんだ。

キーコさんが出版した『死にたい私が、生きている理由』は何度読んでも泣ける。

つらい過去の描写にも胸が痛むけれど、現在、常に「死にたい」不安を抱えているキーコさんが、陽介さん、娘さんの存在によって、どう「生かされて」いるか、また陽介さんも、キーコさんによってどう「生かされて」いるかが、繊細《せんさい》かつ生々《なまなま》しい文章で表現されていて、心に迫ってくる。

ここまでの柔らかな表現力は、記者出身で、抒情的な表現が苦手な僕には難しい。それだけに、尊敬してしまう。

今回の作品は、東日本大震災を受けてのドラマではあるけど、あえて舞台は、社長さんが経験し、僕もかつて現地で取材をした、阪神淡路大震災直後の神戸にした。

物語は、幼い頃のいじめのトラウマに苦しんでいる新聞記者が、震災直後の神戸に派遣され、衝動的にラブホテルに入り、デリヘル嬢を呼ぶところからはじまる。

だけどその記者は、幼い頃からのいじめによるトラウマと、家庭の事情からくるストレスによって心因的な勃起不全《ぼっきふぜん》があって、セックスは難しく、被災地取材に疲れた心を誰かに癒してほしいだけだった。そして部屋にやってきたデリヘル嬢もまた、幼い頃から親に愛されずに育ち、「いじめ」によって心に深いトラウマを抱えていた——という展開だ。

そう、つまりは僕とキーコさんの出会いを少しアレンジしただけで、ほぼ「そのまま」表現したものになっている。異なる点は、デリヘル嬢が十六歳の少女ではなく、新聞記者と同年代の大人の女性、という点にある。

設定を変えた理由は、本物の十代をキャスティングできない、ということもあるけれど、主人公とヒロインを同年代にすることで、心が通じ合っても、体が合わせられないもどかしさと切なさをより強く描きたかったこと。そして、体を合わせられなくても、愛し合うことはできる、ということを伝えたかったからだ。

これも、実際の話とは少し違う。僕とキーコさんとの関係性は、その後セックスはするものの、結果、人間愛はあったかもしれないけど、男女の「愛」にはならなかった。

このドラマでは、ホテルでの一夜のあと、できれば二人をゴールインさせたい。つまり僕と雨子さんの物語、キーコさんと陽介さんの物語の融合だ。

そして一番真ん中にすえたいのは、二人がベッドの上で「どうにもならない」ことがわかったあとに語り合う、お互いの「過去」。僕は、主人公役には陽介さんを、ヒロイン役には最近テレビ出演もするようになったキーコさんにお願いしたいと思っている。また、ヒロインの過去パートの「脚本」も、キーコさん自身に書いてもらうつもりだ。

キーコさんのリアルな「想い」をドラマにこめて、これまで数々の「死にたい」を越え、今も「生きている」等身大の姿を、キーコさん自身の「言葉」と、演技ではない「振る舞い」で描きたい。脚本なんてキーコさんは書いたことはないだろうけど、それは僕がサポートすればいい。

僕も、もうだめだと思うことは、これまで何度だってあった。

寂しいとか、不安だとか言ったら、みんなうっとうしくて逃げ出していくと思っていた。半端な成長だけを繰り返し、それでも、歯ぎしりをしながら、もがいてもがいてもがきながら、必死でつながろうとした。

「何」と?「人」と。

それは、僕が「生きたいから」だったことに他ならない。

知ったかぶりの野球中継を聞き流しながら、僕はただ「作り物」の物語に心癒された。

僕には、あきらめきれないことがある。だから、もう「あきらめきれない」とあきらめた。

笑い飛ばしてくれていい。今なら、世界中に大きな声で叫ぶことができる。今、僕は、間違いなく「しあわせ」だ。

僕が家でパソコンを叩いていると、雨子さんが知らないうちに肩に手を回してきた。僕は訊《き》く。

「これで、誰か救われるかな……」

雨子さんは持ち前の明るい笑顔で、小首を傾《かし》げ、トモが、と言った。

「トモが救うのは、誰かじゃないっちゃ。小さい頃のトモっちゃ」

ああ、と思う。

誰もが心に小さな自分を抱えている。愛されたい自分、信じたい自分。

大人になっても、どれだけ偉くなっても、お金持ちも、犯罪者も、抱きしめられたい――。

僕は、それを、僕自身をずっと救ってくれた「フィクション」でやりたいのだ。

エピローグ

体が自動的に運ばれていく。

電車に乗っているのだからあたりまえなのだけど、目の前の視界が瞬《またたく》く間《ま》に入れ替わって眩暈《めまい》がする。夕空の眩《まぶ》しさ、慌《あわ》ただしく取り込まれる洗濯物、見知らぬ土地の車のナンバー、点滅する古びた信号機。

車両には誰もいない。たまたまこの車両だけ空いているのか、帰宅ラッシュと逆向きのこの線に乗る人はいないのか。

いずれにしても、またあぶれちゃったな、と思う。

いつもがそうだ。

隣でお遊戯する子の動きに細心の注意をはらって真似しているのに、気がつけば自分だけがふざけたような踊りを踊っている。もとに戻らなければと焦《あせ》るほど、道筋がそれていく恐怖。

そんなことを思いながら、私は電車の中で、揺られながらスマートフォンのネットドラマを観《み》る。もう十五年も前に作られた阪神淡路大震災を題材にしたネットドラマ。

それは、心に傷を負う男女が、傷ついた街で偶然に出会い、お互いの傷ついた過去を告白し合い、やがて愛し合う物語だった。

一般的には「しあわせ」に見えなくても、自分たちは「しあわせ」だと思っている生きづらい二人が、出会いによって本当の「しあわせ」に辿り着こうとする。

出演しているのは若かりし頃の、父と母だ。

二人は優しい。私に掛け値のない愛情を注いでくれる。

だけど――

まだ十六歳にしかなっていない私は、どうしても消えたいと思う時がある。

心の病気なのかもしれない。

それでも、願う。

神様、私は「ふつう」じゃなくてもいいです。

朝、起きた時、絶望しかない脳みそでも。

ミミズが干からびただけで、立ちすくんで動けなくなる感受性でも。

負けるな、闘え、と誰にでもなく叫ぶ日々すら。

「それも、あなたの個性」だと言ってくれる、父と母をもらったから。

電車が停車し、一人の男性客が入ってきた。
あのドラマを作った人の息子さんのようにも見える。
赤の他人かもしれない。
どっちでもいい。

電車は動きだす。
未来に向かって。

睡魔が襲ってきた。
「知らない人のいる場所で寝ちゃいけない」
そんなお説教を頭の片隅に思い出しながら、私は思う。
誰もが最初は「知らない人」だ。出会って、つながって、やがて大切な人になる。
茜色《あかねいろ》に染められた後れ毛《おくげ》が、ふわふわと首筋に触れる。
私は包まれたように寝息をたてはじめた。

対話——それでも、生きることを選んだ今日と

です。

生きづらさの向こうに――記録とフィクションのはざまで

咲　今回、大橋さんと「往復書簡小説」を書かせてもらうことになって、とても楽しかったです。

大橋　僕も楽しかった。メールのやりとりで簡単な設定だけ決めたら、咲さんから早速最初のお話が送られてきて、それに誘発されて僕もその日のうちに次のお話を書いて返信したら、プロレス技の応酬みたいなやりとりになって（笑）、あっという間に完結してしまいました。確か、最初のやり取りから完結まで二週間もかからなかったですよね？

咲　そうでしたね（笑）。私は大橋さんの文章がとても面白くて、ワクワクしながら読ませていただいて、すごく感動もして……それで「負けるものか！」という想いでせっせと書いていました。

大橋　それはこっちのセリフですよ！　咲さんの文章は、これまで出された著書もそうですが、本当に繊細で、キーコさんの心情が痛いほど伝わってきて……。僕も「負けるもんか！」という想いで、智之パートを頑張って書きました。

咲　大橋さんの文章は、ＮＨＫの福祉サイトにエッセイを書かれていた頃から私は大好きで、とても具体的でありながら、それでいて感情が伝わってくるので、とても刺激になっていました。

大橋　ありがとうございます。そう仰っていただくと嬉しいです。僕と咲さんとの出会いは、二〇〇八年頃だったと思いますが、NHKの福祉番組「ハートをつなごう」の「いじめ」の回で、学齢期に壮絶ないじめを経験した「いじめサバイバー」同士として出演させていただいて、共演したのが最初でしたよね。

咲　そうでしたね。そのあと、「ハートをつなごう」の最終回でも、私と大橋さんは出演者として再びお会いして、収録後にいろいろとお話させていただきましたね。

大橋　最初の収録の時は、かつて「いじめ」を経験した人たちが自分の経験や今のいじめ問題について語り合う、という企画で。他にも五、六人いたはずなのですが、僕は正直、咲さんしか覚えていない（笑）。「かつてのいじめに、大人になった今も苦しめられているという、僕と同じ経験や痛みを持つ人が他にもいるんだ」と驚いたし、同志を見つけた気がして嬉しかったです。

咲　それは私も同じです。大橋さんの存在はとても嬉しかったし、私にとっても希望になった気がしました。

大橋　その後、さまざまな生きづらさを抱える方たちの「言葉」を咲さんが集められて、自ら撮影された自然や動物たちのすばらしい写真を組み合わせたフォトブックを出版されたときは、僕の「言葉」も載せていただいて。そのフォトブックがあまりに素敵だったので、僕が企画してパネルにし、展示会のイベントを開催したこともありました。

咲　あのときは、展示会場で、二人のトークイベントもやりましたね。

大橋　そうですね。正直に言うと、咲さんと僕は、この小説で描かれたキーコさんと智之のような関係性では決してありません（笑）。ですが、お互いに学齢期に壮絶な「いじめ」を経験したことで、現在進行形で苦しむ「生きづらさ」を抱えてしまった。その共通性から、咲さんならエッセイや小説、僕なら映画など、それぞれの「表現」に共感して、刺激しあってきた。そこから「生きづらさを抱えている人たちに向けて、表現者でもあり、当事者でもある私たちが何かできないか」と考え、今回の「往復書簡小説」となった、というのがこの作品が誕生した経緯です。

咲　最初は「対談本でも出しませんか？」という話でしたよね。

大橋　実は僕が対談本を出版したばかりで、ちょっと別のことをしたくて、「思い切ってフィクションにして、リレー小説にしたら面白くないですか？」と提案したのですよね。

咲　そうでしたね。私が教師や同級生からの「いじめ」で高校に行けなくなって、十六歳で風俗を始めた街が神戸で、その年、ちょうど阪神淡路大震災の年で……というお話をしたら、大橋さんは「その年、僕は神戸に震災の取材に行きましたよ」と言われて、「会ってるかもしれませんね」から「じゃあ、会わせてしまいましょう！」となって、この物語が始まったのですよね。

「生きたい」のきっかけ

大橋　まさかの展開でした。実際は僕が取材とボランティアを兼ねて神戸にいたのはほんの数日で、夜はクタクタになってしまって出歩きませんでしたが、その「もし会っていたら」の発想が、三十年近い年月を描く、キーコさんと智之をめぐる、壮大なお話になっちゃった（笑）。二人の実体験をベースにしながらも、フィクションだからこその「伝えたいこと」は込められた、と思っています。

咲　私は「私を使ったフィクション」にしたかったです。私は以前に自叙伝を出していて、同じように書いても面白くないし、それでも自分自身が経験したことを通して伝えたいこと、届けたい人がいるので、今回はキーコさんという人に出会って、キーコさんがどう幸せを見つけていくのか、私自身、尋ねてみたかった、という感じですね。

大橋　僕の場合は、実経験をベースにしていますが、勤めていた新聞社は今や電子版も好調で、ますます発展して放送局に売却されていませんし、苦境を応援してくれた優しい社長さんは今もバリバリ現役の社長さんだし（笑）、辞めたのもクビではなく、円満退社ですから、特に智之の生活の舞台が九州になってからは、自分が見聞きしたことや友人の体験などを膨らませたフィクション色が強くなっています。僕は進学も就職も山口県内だったので、山口県から出て生活したことは一度もないし（笑）、まだ「脚本家」として一本立ちできていないから、紆余曲折を経て脚本家として活躍する智之の姿には、憧れも入っています。

咲　ですが、編集者の方は、「大橋さんの文章は事実としか思えないリアリティがあって、これはノンフィクションとして世に出すべきでは」と仰ってましたよね。

大橋　記者出身の僕の文章はもともと固いのと、智之は新聞記者でもあるので、繊細な咲さんの文章に対抗するには、あえて新聞記事風の文体にするのが面白いのでは、とノンフィクション風に書いてみました。そう感じてくださったのなら、成功ですね（笑）。ですが、咲さんの文体とあまりに違い過ぎるので、咲さんの文体とバランスが取れるよう、僕の持ち味や表現はそのままに、咲さんや編集者の方が上手に手を加えてくださって、それにまた僕が誘発されて加筆していって、結果としていい感じになった、と感謝しています。

咲　私は大橋さんの文章を読んでいて、智之さんが直面する問題や感情に何度も涙しました。「いじめ」のところはあまりにリアルで、大橋さん、書きながらつらい思い出がフラッシュバックしていないかな、と心配しました。

大橋　そこは、何とかコントロールしながら書いたので大丈夫です。僕こそ、キーコさんのつらい心情や危なさに、何度もハラハラしながら涙しました。

咲　私は、キーコさんと違って、浮気や出産はしていませんが、キーコさんが感じた想いや感情は、私そのものですね。

大橋　それは僕も同じです。さきほどフィクション色が強いなどと言ってしまいましたが、身内の事業破綻によって自己破産を申し立ててホームレス的な生活を送ったこと、いじめの具体的な描写や大人になってもそのトラウマに苦しんだことは実体験を基に書いています。フィクション色が強くなる後半にしても、智之が感じる苦しさや痛み、希望は僕自身の実感です。その辺りは、読んでいただく方にリアルに感じてほしくて、書き込みました。この本を手に取っていただく方の中に、もし「死にたい」と思う方がいらっしゃれば、何がしかの「生きたい」きっかけになれば、と切に願っています。

あと少し、あきらめないで

咲　私が十五、六歳の頃、居場所はありませんでした。親から精神的な虐待を受け、学校でもいじめられ、その二つしか居場所はない、と思っていました。最近のことですが、「居場所がない」ということは、「一人ぼっち」という意味ではなく、「お前はここにいるな」と言われる場所に身を置かされていることではないか、と気づきました。「いじめ」もそうですが、「ここにいることを認めてもらえないところに置かれる」ことほどつらいことはない。私は心から、そんな人には「早く逃げてほしい」と思います。

大橋　そこは痛いほどわかります。「自分が必要とされていない」と感じる場所にいることはしんどいし、それは決して「居場所」ではないと僕も思います。

咲　「逃げる」ことで、たとえ一人ぼっちや孤独になったとしても、そこから誰かと出会うかもしれないし、「ここにいて、いいよ」と言う人に出会うかもしれない。痛めつける人と一緒なら、まだ一人のほうがいいときはある、と思います。

大橋　僕は若い頃に倉庫生活を強いられ、ひたすら長い孤独な時間を過ごしながら、なけなしのお金を払って映画を観ては、そのシーンを心の中で何度も何度も上映しては思い出し、飽きると今度は、破産しても唯一手放さなかったお気に入りの小説を繰り返し読んでいました。そうやってギリギリの生活の中でフィクションに励まされ、何とか「生きる」気力を保っていました。今のお話をうかがって思ったのですが、小説やマンガ、映画、音楽など、文学や芸術も「人」が創るものですから、たとえ逃げて一人になっても、そんなものに励まされるということは、「人に励まされることなのかな」とも思いました。

咲　それ、わかります。そんな存在の一つに、この本がなってくれればいいな、と思います。

大橋　咲さんはさきほど、僕が「いじめ」の描写を書くときに、つらい過去がフラッシュバックしないか、と心配してくださいましたが、実はこの物語でどうしても描き切れなかったのは、智之が自分の子どもにかつての「いじめ」の恐怖心を重ね、虐待したい気持ちと葛藤する場面です。この作品ではあっさりし過ぎていますが、現実はもっと深刻でした。

咲　あの場面は私もドキドキしましたが、現実はあんなものではなかったと……。

大橋　僕には四人の子どもがいて、今は成長してそれぞれに良好な関係を築けていますし、心から愛していますが、彼ら彼女が幼い頃、僕は「いじめ」のトラウマから、日々子どもたちを傷つけたい衝動と戦いながら、自分を傷つける行為を繰り返すことで何とか凌《しの》いでいました。そんな時、僕の心を察した妻が泣きながら僕を抱いてくれて。文字通り、身も心も抱きしめてくれました。それからですね、徐々にではありますが、この物語で描いた、いつ爆発するかわからない不発弾に愛の「蓋」ができるようになったのは。ですが、本音を言うと、その愛の「蓋」があるうちはいいですが、それが失われはしないか、という不安は今でもあります。

咲　共感します。私も、今でも「消えたい」という衝動が抑えられないときがあります。ですが、そんなときは夫が抱きしめて、「よしよし」としてくれるのですが、それで何とか落ち着きます。

大橋　咲さんは、学齢期のいじめや親からの精神的虐待によって、複数の精神疾患を抱えながらも、今でもその「生きづらさ」と向き合いながら、創作活動を通して自身の想いを発信し、さまざまな「生きづらさ」を抱えている方に励ましを送っておられて、本当にすごいな、と尊敬しています。

咲　大橋さんにそう言ってもらえてうれしいです。大橋さんも、ご自身の発達障害とずっと向き合ってこられましたね。

大橋　僕は、幼い頃から忘れ物が多かったり、整理整頓が苦手で不器用だったり、また人づきあいが苦手だったりして、それが「いじめ」の原因にもなってきたような気がします。勉強もスポーツも極端に苦手で、大人になって「発達障害」と診断されたときは、それまでは長く苦しんできた原因がわからなかったので、何だかホッとしたのを覚えています。

咲　診断されてホッとした、という感覚は私もわかります。自分が「何者なのか」がわかると、少し楽になりますよね。大橋さんが「発達障害」と向き合いながら、講演活動や映画製作など、幅広い分野で頑張っておられる姿は、多くの方にとって「希望」になると思います。

大橋　咲さんこそ、これまで発刊されたエッセイや小説など、僕はすべて読ませてもらっていますが、「生きづらさ」を抱えている当事者の等身大の気持ちを繊細に細かく表現されていて、多くの「共感」を呼んでいると思いますよ。

咲　今回の物語もそうですが、フィクションでもノンフィクションでも、自分自身の経験や想いからの「表現」になってしまいますし、私は今現在つらい想いをしている方たちに届けたい、という想いでこれまでも書いてきたつもりです。

大橋　それは僕もそうですね。これまで二本ほど映画の脚本や物語に関わっていますが、そのものではなくても、自身が向き合ってきた経験や想いがすべてベースになっていますし、そんな映画が誰かの「励まし」になれば、と思っています。学校での講演活動も、いろいろな制度や理解も進んではいるものの、現在でも周囲の無理解や受容ができなくて苦しんでいるお子さんやご家族の方も多い現状があるので、僕自身の経験を通して、少しでも楽になってもらえたら、という想いから行っています。

咲　私たちの苦しかった、つらかった経験が、誰かの「救い」になってくれれば、それは私たち自身の「救い」にもつながりますしね。

大橋　だからこそ、そんな「生きづらさ」を抱えながらも「表現していること」を生業としている僕らがこの物語を紡いだことに意味があるのかな、と思います。キーコさんや智之のように、さまざまな厳しい現実にさらされながら、それでも「生きよう」としている人はたくさんおられると思います。そんな方たちに、ぜひこの物語を届けたい、と思います。

咲　私はぜひ、この物語を「自分なんかが、しあわせになれるとは信じられない現状の中にいる人」に届けたいです。「親に愛されない」「いじめられている」「死にたいほどつらい」「夢も叶《かな》わない」「好きな人にも好かれない」……そんな、人生のどん底、ギリギリの綱渡りをしている人に読んでもらって、こんな二人がいること……それは登場人物も書き手も。それでも、なんやかんや、しあわせになったと言える。「だから、あなたもあと少し、あきらめないで」を、届けたいです。

大橋　『誰かがあなたを愛してる』という僕の好きな映画があるのですが、きっとどこかに、あなたを愛してくれる人がいる。そう信じて、「生きて」ほしいですね。

咲　キーコさんと智之さんも、そして私たちも、心からそう願っています。

咲セリ

1979年生まれ。大阪在住。家族療法カウンセラー。生きづらさを抱えながら生きていたところを、不治の病を抱える猫と出会い、「命は生きているだけで愛おしい」というメッセージを受け取る。以来、ＮＨＫ福祉番組に出演したり、全国で講演活動をしたり、新聞やNHK 福祉サイトでコラムを連載したり、生きづらさと猫のノンフィクションを出版する。天然生活web（扶桑社）にてエッセイ連載中。

主な著書に、『死にたいままで生きています』（ポプラ社）、『それでも人を信じた猫　黒猫みつきの180日」（KADOKAWA）、精神科医・岡田尊司との共著『絆の病——境界性パーソナリティ障害の克服』（ポプラ社）、『「死にたい」の根っこには自己否定感がありました——妻と夫、この世界を生きてゆく』（ミネルヴァ書房、解説・林直樹）、『息を吸うたび、希望を吐くように——猫がつないだ命の物語』（青土社）、小説四部作『臆病な僕らは幸福を病んで』『永遠をひろって』『ミジンコはわらった』『絶滅未満——生きづらさのむこうへ』（ぷねうま舎）などがある。

マニィ大橋

1964年生まれ。山口県在住。本名は大橋広宣。地方紙記者を経てフリーのクリエイターとなり、映画コメンテイターとして山口県を中心にテレビ、ラジオで映画の紹介・解説をするほか、映画製作にも関わる。また雑誌等のライター、地元ケーブルテレビ局の番組ディレクターを務めるなど多岐にわたって活動。計算が苦手などの限局性学習症（ＳＬＤ）、極端に忘れ物が多い等の注意欠如多動症（ＡＤＨＤ）を持つ発達障害当事者であり、壮絶ないじめを経験したいじめサバイバーとして、2003年から全国の小中高校等で講演活動を始める。

携わった主な映画作品にプロデューサーを務めた『恋』（2014年）、脚本を担当した『くだまつの三姉妹』（2019年）、ストーリー・脚本協力として参加した『凪の島』（2022年）など。著書に『精神疾患の元新聞記者と発達障害の元新聞記者がお互いを取材してみた。』（ロゼッタストーン、天地成行氏と共著）などがある。

生きぞこなった夜に虹

消えたい私、いけない僕

2023年10月25日　第1刷発行

著　者　咲《さき》セリ・マニィ大橋《おおはし》

発行者　中川和夫

発行所　株式会社 ぷねうま舎
〒162-0805　東京都新宿区矢来町122　第二矢来ビル3F
電話 03-5228-5842　　ファックス 03-5228-5843
http://www.pneumasha.com

印刷・製本　真生印刷株式会社

ISBN 978-4-910154-49-7　　Printed in Japan